KB057512

나와 오기

나와 오기

유희경의 9월

ㄴㄴ〉〈ㄷㄴ

세상 모든 오기에게

차례

작

가

의

말

가을 선언

9월의 '시의적절' 출간을 제안받았을 때, 나는 가장 먼저 오기를 떠올렸다. 연필과 지우개. 모래사장과 파도. 책상과 의자. 9월과 오기. 이 책 어딘가에 적어놓았듯, 오기는 나의 9월이고 가을의 첫머리이다. 9월의 첫날이 되면 오기는 어김없이 나를 찾아왔다. 무심한 걸음으로, 서점의 나선계단을 따라 올라와 나를 마주하고 가을을 선언했다.

"가을이에요, 시인."

그러면 나는 웃었다. 웃으면서, 가을을 믿었다. 가을은 그렇게 온다. 누군가의 선언으로. 선언에 대한 신뢰로. 퍽 근사한 주고받음이 아닌가. 선선한 바람이 불고, 잎들이 미뤄두었던 색으로 물들어가고, 하늘이 한없이 드높아지는 까닭도 주고받았기 때문이 아닌가. 나와 오기가 주고받았던 수많은 대화, 이해. 적어놓고서야 사무치도록 알게 된다. 나는 가을을, 오기를 사랑한다.

　오기는 이름이고 아니기도 하다. 오기는 나의 친구이지만, 오기 또한 나를 친구로 여기리라 믿고 있지만, 나는 과연 오기에 대해 얼마나 알고 있을까. 자신이 없다. 몇 번인가 오기에 대해 말해보려고 했다. 그럴 때마다 오해와 추측 사이에서 헤매게 되는 자신을 발견하곤 했다. 말하기는 그렇다고 포기할 수 있는 행위가 아니다. 나는 오기에 대해 말하기를 반복해 시도하고 실패하고 있으며 이 책 속의 글들은 또다른 시도, 여전한 실패의 흔적이다. 어쩌면 오기에 대해 적어보려는 나의 노력은 오기에 대한 기억과 기록에의 사사로운 욕심에 불과할 것이다. 한편으론, 그렇다 한들 무엇이 문제인가 싶다. 지금껏 내가 써왔던 글 중에서 그렇지 않은 것이 있었던가.

　이 책 속 모든 글에 나와 오기가 있다. 나와 오기는 때때로 만나 대화를 나누었고 이따금 통화하거나 메시지를 주고받았다. 하지만 우리는 함께했던 날들보다 더 많은 날을 함께 보냈다. 각자에게 주어진 일을 하면서. 각자의 자리에서 각자의 상념에 빠진 채, 밥을 먹고 잠을 자고 화장실에 가고 누군가의 반응에 열중하면서. 이 글을 읽는 당신은 그렇게 보낸 시간을 '함께 보냈다'고 할 수 있을까, 의심할 수도 있다. 나는 그럴 수 있다고 믿는다. 그래서 '함께 보냈다'고 적었다.

나에게 오기는 그런 존재다. 나는 늘 오기를 의식한다. 아무 생각이 없을 때에도 어떤 생각을 좇을 때에도 오기는 의식'된'다. 오기를 의식함은 적극적이지 않다. 그냥 오기는 내 곁에 상존하는 기분이다. 오기는 내 안으로 들어오지 않는다. 내가 오기가 아니듯 오기는 내가 아니기 때문이다. 나는 오기가 아니므로 오기는 나에 대해, 내가 오기를 의식하는 일에 대해 어떻게 생각하는지 알 수 없다. 앞으로도 영영. 나와 오기는 그런 사이다. 서로에게 아무런 영향도 미치지 않으려는 사이. 서로에게 어떠한 답변도 요구하지 않는 사이. 없어도 되지만 있는 게 좋은 사이. 그런 사이를 갈구하며 유지하려고 노력하고 노력하는 사이. 내가 나와 오기를 쓰고 있는 지금, 심경의 변화나 어떤 각오, 일종의 극복이 있었다고 믿지는 않았으면 한다. 그저 이쯤 와서 한 번은 써야 한다고 마음먹었을 따름이다. 그래서 나는 되도록 의연하게 다룰 수 있는 나와 오기의 이야기를 적어갔다. 이 비겁한 선택이 필연적임을, 쓴다는 행위가 가진 일종의 한계임을 이 글을 읽는 당신이 이해해주기를 바랄 뿐이다.

어느덧 9월이다. 나는 오기를 기다리고 있다. 오기가 오지 않는다 해서 가을이 아닌 것은 아니지만, 오기를 만나고서야 비로소 나의 가을은 달라진다. 오기를 만나기 전의 9월은 어땠는지 기억이 나질 않는다. 그전에도 있었겠지. 오기와 같은 오기가. 그리고 누구에게나 오기가, 일상을 기꺼이 가을로 바꾸어내는 존재가, 언어가, 감각이 있는 것이다. 없다면 부디 이 책이, 이 책의 나와 오기가 당신에게 그러하기를 바란다. 감히.

9

월

1

일

시

"오늘은 볕이 좋다 아직

네가 여기 있는 기분"

대화

네가 두고 간 커피잔을 씻는다

그런데도

아직 네가 여기 있네

책장에 기대서서

책을 꺼내 읽고 있네

그 책은 안 되는데

안 되는 이유가 뭘까

손이 다 젖도록 나는

생각해본다

그 책은 옛일에서 왔고

누가 두고 간 것일 수도 있다

얼마나 옛일일까

두고 간 사람은 누구일까

그렇다 해서

네가 읽으면 안 될 이유는 무엇인가

나는 젖은 커피잔을 엎어두고

젖은 손을 닦으려 하는데

엎어둔 건 커피잔이 아니었고

곤란하게도

젖은 내 손이었다

커피잔 대신 손을 엎어두었다고

곤란할 이유는 또 무엇인가

젖은 내 손은 옛일과 무관하고

네가 꺼내 읽을 것도 아니다

성립하지 않는 변명처럼

오늘은 볕이 좋다 아직

네가 여기 있는 기분

너는 책에 푹 빠져 있고

손은 금방 마를 것이며

네가 두고 간 커피잔은

어디 있을까 나는

체념한 채 우두커니 서 있었다

9

월

2

일

에세이

"문득 나는 내 가방에 든 것들이

나를 지키고 있는 것은 아닐까 생각해본다.

어쩌면 그럴지도 모른다."

가방

    쫓아오던 오기가 불쑥, 메고 있는 가방을 잡아챈다. 오기답지 않게 격 없는 행동에 놀라 휘둥그레져 있으려니 별일 아니라는 투로, 가방이 무거워 보여서, 한다. 역시 무겁네, 그런다. 내 입장에선 늘 빈손에 가방도 없이 다니는 오기가 신기할 따름이다. 그렇다 해도 나는 오기의 뒷덜미를 낚아채거나 너무 가벼워 보여, 하고 말하지는 않는데. 하지만 오기 방식의 걱정임을 아니까 화를 내진 않기로 한다. 못마땅한 얼굴은 거두지 못하고 가방의 어깨끈만 조정할 뿐이다.

    나는 가방 없이 외출하지 않는다. 한번 열어볼 일이 없을 듯한 날에도 가방만은 반드시 챙긴다. 내게 있어 가방은, 일종의…… 양말과 같달까. 이상한 비유이지만 나는, 양말을 신지 않고는 절대 외출하지 않는다. 맨발에 슬리퍼를 꿰차고 나갈 수 있는 장소의 최대치는 집 앞 편의점까지이다. 가방 없이는 어디까지 가보았더라. 열심히 궁리해봤지만, 편의점 앞에 놓인 간이 테이블과 플라스틱 의자 몇 개만 떠오를 뿐이다.

덕분에 여러 사람에게 구박을 받곤 한다. 주렁주렁 매달고 다니지 좀 마라. 어머니는 미간을 찌푸린다. 막상 어깨가 결리고 무릎과 허리가 아파오는 나이가 되고 보니 그저 잔소리만은 아니구나 싶다. 전부 욕심이고 미련이다. 잘 알고 있음에도 나는 가방을 포기하지 못한다. 양쪽 어깨에는 백팩이. 한쪽 어깨에는 카메라 가방이. 도합 무게가 10킬로그램은 족히 될 것이다. 내 척추는 분명 선명한 'S' 모양으로 휘어져 있을 테지.

대체 그 가방에는 뭐가 들어 있는 거야. 오기는 좀 질린다는 표정을 우스꽝스럽게 지어 보인다. 뭐 대단한 건 없어. 백팩에는 노트북이 한 대. 책이 두 권. 이러저러한 필기구가 들어 있는 두루마리식 필통이 하나. 빈 종이를 담은 비닐 파일도 있지. 출력한 시나 산문이 서너 장 담겨 있고, 자질

구레한 충전기라든가 충전선 등. 카메라 가방에는 카메라 한 대. 예비 필름이 한 통. 그리고 또 뭐가 있더라. 지갑. 그리고 고무줄로 여밀 수 있는 손바닥만한 노트에 볼펜이 꽂혀 있지. 아 그래. 서점 열쇠도 있네. 우스꽝스럽던 오기의 표정에 보다 진심이 담긴다.

불안하지 않나. 배낭이 없으면 대체 책은 어디에 둘 건데. 펜이 필요하면 어떻게 해. 급히 원고를 작성해야 할 때 노트북이 없다면. 카메라는 그렇다 치더라도 노트도 하나쯤 있어야 하지 않겠어. 나의 항변을 오기는 그리 오래 생각해보지 않는다. 그런 건 어디에나 있어. 빌리거나 구입하면 되지. 빌리거나 구입할 수 없다면, 오기는 내가 하려던 대꾸를 잽싸게 가로채며 보탠다. 포기하면 돼. 아주 편해. 포기하면 나처럼 가벼워질 수 있지. 오기는 내 어깨에 손을 올리고, 포기를 하는 법을 배워보는 것은 어떨까, 한다.

대학 시절 오기에겐 좋아하던 선배가 있었다. 한참 보이지 않던 그는 지갑만 챙겨들고 바닷가에 며칠 다녀왔다 했다. 여행은 어땠냐는 오기의 질문에 그는 글을 썼다고 했다. 글이라니. 달랑 지갑만 하나 들고 다녀왔다면서요. 그러자 그는 주머니에서 연필을 꺼내 보였다. 엉망으로 깎여 있는, 깎였다기보다 물어뜯긴 게 아닐까 싶게 흑심을 드러내고 있는 연필이었다. 이걸로 썼지. 절박하게. 백지는 빈 담뱃갑의 내부였다고 했다. 멋지지 않니. 그래서 그를 흉내 내기로 한 거야. 아니. 사실 그런 선배는 없었어. 그런 선배가 있었으면 했지. 없어서 내가 그렇게 했어. 하나도 멋지지 않아. 그렇게 생각했지만 그건 그렇고, 그때 그 절박함으로 쓴 건 뭐였는데. 오기는 대답 없이 환하게 웃었다.

가방을 열어본다. 어젯밤 읽다 만 책이 들어 있고 며칠째 한 번도 열어보지 않은 필통이 있다. 유통기한이 다 되어가는 비염약이 있고 뜻밖에 양말도 한 짝 들어 있다. 가방. 나의 생활. 가방은 일본어 'かばん kaban'에서 비롯된 명사이다. '카반'이 수입되기 전에는 가방 없이 '보褓'가 있었다. 둘둘 말아놓는 보자기 보. 옷 의 변에 지킬 보. 지킬 보. 문득 나는 내 가방에 든 것들이 나를 지키고 있는 것은 아닐까 생각해본다. 어쩌면 그럴지도 모른다. 읽고 쓰는 사람, 살피고 담아내는 사람임을 내게 수시로 상기시켜주는, 한번 열어보

지 않더라도 거기 내가 나를 입증하는 물품들. 나는 그것을 하루 종일 어딜 가나 짊어지고 걷는다. 담고 꺼내고 더러 잃고 잊으면서. 한편 나는 나약하게 의존하고 있는지도 모른다. 나는 이런 사람이라고 스스로 말하지 못하고 입증하지 못해서 하나하나 물품들이 나의 정체성인 양 생각하고 가지고 다닌다. 물론 둘 다 성립 가능하다. 어느 쪽에 보다 가까울까. 하여간, 희경이가방에들어간다. 문득 가방을 들어 냄새를 맡는다. 구매한 지 반년쯤 되었으니 이제 세탁기에 넣을 때도 되었다.

9

월

3

일

시

"상상력은 가난하네
아랫입술 물릴 줄
꿈에도 모르고"

대화

재떨이를 끌어당기듯
대화를 시작한다.

내가 말했던가요 얼마 전
아랫입술을 물렸어요
나는 이야,
아야, 했어야 했는데
이야,

아랫입술을 물리면
도대체 말이 되질 않는다
따뜻했던 겨울 오후
길을 잃은 우편배달부

가방 속에는 아버지
그때 처음 알았지
처음 물려보았으니까

아랫입술을 물리면
이야, 하고
나는 생각했다
아랫입술을 물다니
물렸다니
상상력은 가난하네
아랫입술 물릴 줄
꿈에도 모르고
그래서 물었을 테고
나는 물렸던 거지
아랫입술을 그때
이야, 하고

아팠나요 아니요
아야, 하지 않고

이야, 했다니까요

그러면 즐거웠나요

글쎄 상상력은

참 가난하다니까

말을 못하면 감탄이 아니라

비명을 이를테면

아버지가방에 오후!

잃어버린 우편배달부!

따뜻한 겨울 길!

가여운 상상력!

아랫입술을 물리면

아긴다 사랑한다

꼭 안아주고 싶은

마음이 된다

내가 말을 했던가요

며칠 전 글쎄

아랫입술을 물렸어요

아닐걸요 그저

아랫입술을 물려서

이야, 했겠지

말은 하지 못하고

재떨이를 치우는 종업원처럼,

대화가 끝난다.

9

월

4

일

에세이

"모든 것은 내가 명명한 만큼 생겨났고 내가 원하면 지워졌다."

선에 대하여

선線. 이어지는 형태. 점과 점점점……점 녹아내려 달라붙은 점들. 흐르기도 하고 맺히기도 하는 상태. 절도. 아름다움. 경고. 웃음의 모양이기도 하고 슬픔의 현현顯現이기도 한. 이거 알아? 눈물이 흐르는 모양을 '현현泫泫하게'라고 적는 거, 하는 오기의 말에, 그건 알아? 현현하게는 맺힌 이슬이 떨어지려는 찰나에도 쓴다고 대꾸했다. 오기는 못 들은 척한다. 못 들은 척하는 것은 오기의 장기이다. 언젠가 오기는, 못 들은 척을 정말 열심히 하면 잘하게 되고 잘하게 되면 정말 못 듣는 게 된다, 말한 적이 있다. 나는 오기의 저 기술이 부럽다.

오기와 나는 선에 대해 이야기를 하고 있었다. 글씨란 특정 손 근육과 밀접한 관계가 있대. 반복하지 않으면 발달하지 않고 그래서 원하는 대로 반듯하게 쓸 수 없게 된다는 거야. 며칠 전 초등학교 교사인 한 친구와 대화를 나누다 알게 된 '아마도 사실'. 글씨라. 오기는 생각에 잠겼다. 아마 자신의 글씨를 떠올려보았을 것이다. 그러곤, 글씨는 확실히 '기술'이지, 주장했다. 왜냐하면 글씨는 어떠한 이데아도 갖지 않아서야. 글씨는 그 자체로 관념이잖아. 글씨를 쓸 때에 우리는 머릿속에 글씨가 지시하는 바를 구체적으로 떠올리지 않으니까. 동시에 형태를 만들어가는 무척 복잡한 기술이야, 하고 말했다. 나는 기술과 이데아를 갖지 않는 관념이 어떻게 연결되는지 궁금했지만 묻지 않았다. 물으나마나, 불리하면 오기는 듣지 못한다.

나와 초등학교 선생인 친구의 대화가 그랬던 것처럼, 나와 오기의 대화는 자연히 어릴 적 우리가 그렸던 무수한 선쪽으로 넘어갔다. 선을 긋지 않고서는 할 수 있는 '일'이 없었잖아. 시작점과 끝점. 그 사이를 긋고 두르고 아우르고 그리하여 분간과 분별을 하고. 그 모든 일이 다 선으로부터 비롯된다고 할 수 있겠지. 오기는 숨바꼭질과 구슬치기에, 땅따먹기와 고무줄놀이에 얼마나 다양한 선이 등장하는지,

그리하여 우리가 종일 그려낸 선이 얼마나 많았는지 역설했다. 하지만 그 많은 선 긋기를 통해서 특정 손 근육이 발달되었다고 하기에는 우리 둘 다 글씨를 잘 쓰지는 않아. 아마도 못난 글씨에 가까울걸. 나의 지적에 오기는 다시 생각에 잠겼다. 역시 자신의 글씨를 떠올려보았을 것이다. 형편없는 기술과 이데아 없는 관념. 오기는 못 들은 척하지 않았다. 그 '선 긋기'들이 없었다면 우리의 글씨는 지금보다 더 끔찍했을지도 몰라 하고, 무려 대꾸해주었다.

그러면서 오기는 어렸을 적에 만화가가 되고 싶었다고 고백했다. 시내 큰 서점에 가서 만화 그리기 기초 교재를 샀어. 그리고 교재에서 알려주는 대로 펜과 종이를 구입했지. 책에서 알려주는 대로 선 긋는 연습을 했었어. 가로선, 세로선, 빗금. 긋고 또 긋고 그렇게 사흘 꼬박 선만 긋다가 때려치웠다니까. 훈련으로써 선 긋기란 얼마나 무료한 일인지 몰라. 오기는 몸서리를 쳤다. 선 긋기에 대해서는 잘 모르지만, 하여튼 나는 고개를 끄덕여주었다. 이제 와 생각해보면 어린 마음에 충격이었을 거야. 선 긋기가 놀이가 아닐 수도 있다니. 그 자체로 목적일 수 있다니. 그래서 낙담했고 포기하고 말았어. 내가 그리고 싶은 건 만화지 선이 아니라고 생각했거든. 오기는 잠시 생각에 빠졌다. 우리가 글씨를 잘 쓰지 못하는 건 손 근육의 문제라기보다 마음의 문제였을지도 몰라. 약속된 대로가 아니라 마음대로 하고 싶었던 거겠지. 이를테면 숙제 같은 거 말이야. 그저 얼른 해치우고 연필을 집어던지고 싶었을 거야. 하여간 어처구니없을 만큼 생각이 많은 아이였어 나는. 조금만 더 단순했다면 아마 나는 멋진 만화가가 되었을지도 몰라. 만화가가 된 오기에 대해서라면 나는 영 관심이 생기질 않는다. 그렇기 때문에 그가 구상했던—명랑하면서도 슬프고 슬픈 동시에 웃긴, 한데 어디선가 본 적이 있는 듯한 스토리를 무심히 듣고 넘겼다.

그날 밤 나는 꿈을 꾸었다. 해가 뉘엿뉘엿 지는 동안 나는 어린 나였고 손에 몽당 분필을 들고 있었다. 몽당 분필을 든 내가 가장 먼저 한 일은 되도록 큰 사각형을 그리고 그 안에 들어가는 거였다. 자 이제 안전해. 나는 선 밖으로 나갈 필요가 없었고, 나의 허락이 없는 한 무엇도 선 안으로 들어올 수 없었다. 어린 나는 그림을 그리기 시작했다.

꽃과 벌과 개미. 강아지와 고양이. 아빠와 엄마와 동생. 짝꿍. 집. 태권브이. 내가 아는 세계의 모든 단어는 그림이 되었다. 거기엔 기술도 관념도 작동하지 않았다. 닮음, 닮지 않음, 아름다움, 추함도 성립하지 않았다. 기준은 오직 나였다. 모든 것은 내가 명명한 만큼 생겨났고 내가 원하면 지워졌다. 해는 영영 저물지 않을 모양이었다. 친구 하나 없었지만 심심하지 않았다. 큰 사각형은 하나의, 온전한 세계로서 충분했기 때문이다. 나는 참으로 마음이 놓였다. 꿈에서 나는 지킬 것도 버릴 것도 없었다.

에세이

"아무튼 오늘 저녁 냉면은 좋았어. 설핏 잠이 들었다."

좋음과 싫음

어쩌다보니 냉면집에 마주앉아 있다. 오기는 나만큼이나 냉면을 좋아하지 않는데도. 냉면이 싫다는 건 아니다. 오기 또한 마찬가지인 모양이다. 짝을 맞춘 젓가락을 각자 앞에 놓아두고 회냉면을 기다린다. 오기는 물냉면을 먹으려 했는데 주문 직전 마음을 바꿨다 한다. 나는 비빔냉면을 먹으려 했는데 오기가 회냉면을 시켜 변심이 동했다. 변심이 동했다. 어색한 표현이다. 마음이 동했거나 변심을 하게 되었다가 옳겠지. 하지만 나는 변심이란 마음의 딴 주머니라고 생각한다. (마음은 주머니라고 생각한다.) 평소에는 쪼글쪼글하고 작아서 있는 줄도 모르다 어떤 계기로 크게 몸을 부풀리는 변심 주머니. 변심 주머니는 순식간에 커다래져 마음 주머니를 능가하는 까닭에 신중할 줄 모르고 염치도 수치도 없이 뻔뻔하다. 변심은 후회하게 만든다. 하지만 냉면이라면 괜찮겠지. 내겐 물냉면이나 비빔냉면이나 회냉면이나 어차피 다 같은 냉면인걸. 어디 가서 차마 입 밖으로 꺼낼 수 없는 생각에 빠져 있는 사이 냉면이 담긴 스테인리스 그릇이 두 사람 앞에 착착 놓인다.

맞아. 오기는 냉면을 요령껏 비비면서 말을 잇는다. 냉면을 좋아하지 않는다 하면 이상한 사람 취급을 받게 되지. 보편 다수의 취향이라는 게 존재하기는 하는가봐. 나는 확신에 차서 수박을 생각한다. 마흔 해가 넘도록 나는 수박의 참맛을 보지 못했다. 그렇다. 수박이라는 과일에는 분명 내가 아직 맛보지 못한 참맛이 있을 것이다. 그게 아니고서야 이처럼 모두가 좋아할 수는 없다. 어릴 적 여름 거실, 아버지나 어머니나 동생이 숟가락을 들고 수박 주변에 둘러앉으면 나는 내 방에서 혼자 책을 읽었다. 수박 맛도 모른다고 혀 차는 소리를 듣기 싫었기 때문이다. 만화책이나 동화책에서 수박 서리 일화를 접할 때면, 대체 왜 수박 따위를 훔치겠다고 저런 고생을 하나 이해가 되지 않기도 했다. 혹시 어른이 되면 좀 달라질까 싶었는데 수박은 여전히 맛없고 물 많고 끈적이는 과일. 나이가 들어 바뀌어가는 입맛에도 수박의 참맛만큼은 알아차리지 못한다. 건너편 오기는 이해할 수 없다는 표정으로 나를 보고 있다. 수박을? 하고 되묻는다. 냉면이나 수박이나 이 배신자야.

나와 오기의 대화는 좋고 싫음의 문제로 옮겨간다. 너는 좋음과 싫음이 분명히 나뉘어 있어? 오기는 검지로 머리를 가리킨다. 여기는 노. 엄지로 가슴을 가리킨다. 여기는 예스. 너도 장사하긴 글렀다. 나의 단언이 오기를 웃긴다. 너처럼 말이지. 맞아. 나처럼. 정확히 나와 같다. 머리로는 노. 가슴으로는 예스. 사람이고 사물이고 현상이고 나눌 수 없이, 나는 머리로는 그럴 수 있고 마음으로는 그럴 수 없다. 언제나 머리가 옳을 수는 없지. 지당한 말씀이지요. 좋음과 싫음이 분명한 사람은 비겁하기 십상이야. 싫은데 좋은 척해야 하는 경우가 많아지니까. 싫은데 좋은 척하는 것도 비겁인가. 어떤 면에서는 그렇지. 질긴 면발을 끊어내려 애쓰는 내게 오기는 가위를 건넨다. 이럴 때 냉면, 생물 같지 않니? 마치 산낙지처럼 어떻게든 살아보려고. 산낙지란 표현 자체가 싫어. 재수없어. 식감을 위해서 삶/죽음을 분간해 명명하다니 그런 죄가 어딨어. 오기에게 묻는다. 그건 가슴이 하는 말인 거지? 머리는 뭐라고 하는데? 그러거나 말거나 관심 없대. 가슴은 비겁하고 머리는 방관하는구나.

퍼뜩 오기가, 방금 내가 사람을 싫어하는 이유를 알았어. 가슴은 비겁하고 머리는 방관해서 그래. 나는 그 말에 감동받는다. 냉면을 먹다가 진리를 깨달은 것만 같다. 난 수박 맛을 모르는 게 아니야. 수박이 싫어. 비겁도 방관도 아니게 나는 선언한다. 오기가 혀를 찬다. 나를 시험에 들게 하지 마. 몇 없는 친구 중에 수박 혐오자가 있다니 믿을 수가 없구나. 수박 혐오자라니. 내가 들어본 가장 충격적인 표현이다. 너는 나더러 배신자라고 했지. 혐오자와 배신자라는 낙인은 좋음과 싫음의 방해꾼이다. 마음 편히 좋아하고 싫어하고 싶다. 좋아하는 대상만 상대하고 싫어하는 대상과는 마주하지 않으면 어른답지 못하다 한다. 머리가 성숙하지 못했다는 뜻이겠다. 어쩌면 진화론적 관점에서 두루 잘 지내는 편이 더 낫기 때문일지도 모른다. 그렇다고 좋음과 싫음의 위치가 바뀌거나 절묘하게 결합되지도 않을 텐데. 자 그럼 냉면에 대해 판단해보도록 하자. 냉면은 어때. 오늘은 좀 맛있는데. 그러니 오늘은 좋음. 그러나 내일은 모르겠음. 역시 배신자. 그럼 너는 냉면 혐오자가 될 텐가. 실은 나도 오늘 냉면은 좀 좋은데. 그럼 일일 냉면애호가로 합시다.

좋음과 싫음의 낭비에 대해서는 혼자 생각해보기로 한다. (물론 오기는 오기 나름대로 생각하고 있을 테지만.) 단적으로 말하자면, 이 시대의 좋음과 싫음에 대해 나는 다소 회의적이다. 좋음과 싫음이 넘치기 때문이며, 그리하여 좋음과 싫음의 영역 바깥인 잘 모르겠음의 세계가 말라붙고 있어서이다. 좋음과 싫음 앞에서 소신을 가지라 한다. 배짱은 두둑해야 하고 판단은 분명해야 한다. 시간이 필요하다. 잘 모르겠음의 세계를 느긋하게 유랑하고 싶다. 여름이 찾아오면 오늘은 좀 어떤가 냉면집에 가보고, 과일가게 앞에 진열된 수박을 마음에도 없이 통통 두드려보는 만큼의 여유가 주어지지 않는다면 나는 판단할 수 없다. 사실 좋음과 싫음에 외부적 개입의 발생 자체가 언어도단이다. 좋음과 싫음은 내 방과 같다. 퇴근하고 돌아와 방문을 닫으면 세계는 나와 분리된다. 거기 있는 아주 조그마한 우주는 어떻게든 보호받아야 한다. 그것이, 내가 생각하는 인간됨의 권리이

다. 나는 나의 보드라운 베개를 쓰다듬는다. 씻어야 하는데
싫다. 물론 씻고 나면 기분이 좋다. 나의 판단, 나의 결정.
둘 사이의 교섭과 배척. 문득 내게서 좋음은 휘발되어가고
싫음은 침잠해가는 건 아닐까 의심해본다. 아 그건 또다른
문제인데. 아무튼 오늘 저녁 냉면은 좋았어. 설핏 잠이 들
었다.

9
월
6
일

에세이

"아 맞다! 우산!"

우산

손끝을 내미는 마음으로 창밖을 본다. 당장이라도 비가 쏟아질 것만 같다. 행인들 손목마다 형형색색의 우산이 걸려 있다. 우산이 없는 이들의 걸음은 바쁘다. 우두커니 창밖만 보다가 화들짝 자리에서 일어나 창고로 간다. 우산꽂이를 꺼내두어야 한다. 책은 열기만큼이나 습기에 약하다. 코팅 없이 종이 결을 뽐내는 책 표지에 빗물이 닿으면 고스란히 자국이 된다. 그런 책은 팔 수 없다. 판매와 무관하게, 그런 일은 상상만으로 마음 아프다. 책을 사랑하여 서점을 열었고, 서점 주인이 된 다음 책을 더 사랑하게 되었다. 한 권 한 권 아끼지 않는 것이 없으며, 더러 책이 팔릴 때에 내어주고 싶지 않다는 이상한 감각에 사로잡히기도 한다.

창고 안 우산꽂이에는 벌써 우산이 몇 개 꽂혀 있다. 지난 비에 주인 잃은 우산들이다. 한참 뒤에 헐레벌떡 우산을 찾으러 오는 사람도 있지만, 그런 우산은 비싸거나 사연이 있기 마련이었다. 남겨진 아이들은 어딘가에 하자가 있거나 일회용 우산인 경우가 대부분이다. 검정색. 아니면 흰색. 이따금 투명 비닐. 서점은 우산 부자다. 아마 식당도 그럴 것이다. 옆집 안경가게는 어떨까. 기회가 되면 물어봐야지. 쓸데없는 상념에 사로잡힌 채 나는 우산들을 거두어 창고에 남겨둔다. 이 우산들은, 느닷없이 소나기가 쏟아지면 쓰일 것이다. 지난여름에도 제법 많은 우산을 인심 좋은 사람처럼 나누어주었다. "고맙습니다. 꼭 돌려드릴게요" 하고 우산을 펼친 사람 가운데 다시 가지고 온 사람은 거의 없다. 어쩌면 우산은 공공재인지도 모른다.

공공재. 그래서 나는 우산 선물을 원치 않는다. 결국 잃어버릴 것이 뻔해서다. 아무리 다짐을 해도 소용없다. 대개는 되찾기 어려운 버스나 택시 지하철 등에 두고 내리기 십상이다. 이런 사연을 알게 된 오기는 나무 손잡이에 내 이름을 새긴 우산을 선물해주었다. "'내 이름'이라고 생각하면 소중하게 간직하게 될 거야." 나는 걱정 말라고 장담을 했으나, 어김없이 출근길 버스에 놓고 내렸다. 정말 내 이름을 잃어버린 것만 같았다. 오기를 볼 낯이 없었다. 갈팡질팡하다가, 용기를 내어 버스 회사에 전화를 걸었다. 전화를 받은 직원은 심드렁했다. '그깟 우산'이라고 생각하는 것이 분명했다. 되도록 슬픈 목소리로 사연을 담아, 꼭 찾아야 한다고 사정했다. 그건 내 이름과 다름없다고 덧붙이기까지 했다. 그러나 결국 찾으러 오라는 연락도 우산도 돌아오지 않았다. 며칠 후 오기에게 사과의 의미를 담은 메시지를 보냈다. '이제부터 나를 유아무개라고 불러도 좋아.' 오기는 대번에 알아듣고 '다음 우산에는 더 소중한 이름을 새겨주겠다'고 답장해왔다. 양심 없게도 내심 새 우산을 기다렸으나, 오기는 내게 다른 우산을 선물해주지 않았다.

마침내 비가 온다. 서점 안에 있으면, 비는 귀로 먼저 온다. 그다음 코로 오고 사방이 젖기 시작한 뒤 손님의 젖은 어깨의 모양으로 오는 것이다. 신기하지. 비가 오는 날 누가 서점에 올까 싶은데, 의외로 더 많은 사람이 찾는다. 그저 느낌만이 아니다. 서점에서 사용하는 컴퓨터 금전 기록 시스템에는 날씨별 매출을 분석해놓은 데이터가 들어 있는데 이를 확인해보면 정말 그런 것이다. 비와 책. 비와 독서. 어떤 상관이 있을까. 곰곰 생각해본 적이 있다. 우산 쓰기와 독서. 오롯하게 혼자가 되는 일이다. 우산 속에서 사람은 마음이 깊어진다. 책을 읽는 것은 쏟아지는 무언가로부터 가만히 대피하는 일이다. 그리하여 나는 우산은 곧 책이고 책은 우산이다, 라는 다소 수상한 명제를 떠올려도 보았다.

오래 갈 비는 아니겠으나, 자리로 가 내 우산이 있는지를 확인한다. 검정 비닐우산은 얌전히 걸려 있다. 우산 손잡이에는 이름과 전화번호를 적은 마스킹 테이프가 붙어 있다. 오기가 선물해준 우산을 잃어버린 뒤 취한 특단의 조치다. 신기하게도, 그런 뒤로는 한 번도 잃어버린 적이 없다. 그러니까 그럭저럭 반년 넘게 함께한 우산인 것이다. 우산살이 좀 휘어지고 우산대에도 좀 문제가 있지만 아직 쓸 만하다. 잘하면 1년을 채울 수도 있을 것이다. 그 좋은 우산들다 잃어버리고 하필. 이런 생각이 없진 않으나 내심 잔뜩 애착이 생기고 말았다. 1년이 아니라 2년, 3년이라도 함께해보고 싶은 욕심이 생긴 우산은 처음이다. 내심 기다리던 오기의 우산 (재)선물도 이제는 필요가 없게 되었다. 만약 선물을 받는다 해도 나의 선택은 이 우산이 될 것이다. 나는 무엇이든 새것을 좋아하는 사람이다. 그러니 이 애착이 신기하기만 하다. 과연 이런 적이 있었나. 없었을 것이다. 특히 우산에 대해서라면. 그러니 우산은 공공재가 아니다. 쉽게 버리면 그만인 일회용품도 아니다. 지구 환경을 위해서라도 안 될 생각이다. '내 우산'을 가장 먼저 우산꽂이에 꽂아두면서, 창고에 있는 우산들을 생각한다. 주인에게 잊힌 가엾은 것들 대신 저 소중한 것들을 잃은 가엾은 주인들을 생각한다.

메모지와 펜을 꺼낸다. "우산을 잊지 마세요" 하고 적는다. 글씨가 마음에 들지 않는다. 구겨버리고 새로 써본다. 무언가 밋밋하다. 보다 호소력 있게 적고 싶다. 그래도 서점이고 시인인데, 근사한 표현이 없을까. 이 책 저 책을 뒤적여본다. 포털 사이트에 '우산과 관련된 시'라고 검색해보기도 한다. 근사하기는 하지만 너무 은유적이다. '어지간한 시 한 편보다 더 어렵군.' 생각하면서 창밖을 본다. 여전히 비. 노란색 우산을 쓰고 파란색 우비를 입고 빨간색 장화를 신은 어린아이 하나가 신이 난 듯 빗물 고인 보도 위를 첨

벙거리며 걸어간다. 빨간 우산이 쓰기 싫어 비를 맞으며 학교에 갔던 어린 시절이 떠오른다. 가방 속까지 온통 젖었었지. 그래서 혼이 났던가. 그러고 보니 예전에는 일회용 우산을 대나무로 만들었었지. 우산의 살을 뒤덮은 비닐의 눈이 다 시린 파랑과 손잡이 부분에 칠해져 있던 진한 빨강. 그런 색도 있었다. 지금은 그런 우산 구하지 못하겠지. 등등 온갖 딴생각을 오가다가 마침내 내가 적은 문장은 "아 맞다! 우산!", 문장부호 포함 일곱 자. 간략하며 분명하다. 메모지를 유리문 적당한 높이에 붙여둔다. 마침 젖은 우산을 접으며 들어오는 손님이 있다. 유심히 보아야지. 그가 우산을 놓고 가지 않도록. 우산 없는 손님이 오지 않을까 은근한 기대를 갖기도 했다.

에세이

"당장의 생각과 감정을 돋보이게 하는
다이아몬드로 장식된 왕홀, 황금이 칠해진 왕좌."

오기 이야기

오기는 나와 동갑으로, 가을에 태어났을 것으로 추정한다. 실은 오기의 생일을 모른다. 언젠가 오기는 생일 그리고 생일 세리머니와 관련된 모든 것, 이를테면 생일 케이크, 생일 미역국, 생일 선물과 생일 카드 등등 생일에 마련되는 사물과 감각, 정서를 원치 않는다고 했다. 이유는 모른다. 오기는 대답하고 싶지 않을 때엔 무슨 수를 써서라도 대답을 하지 않는다. 뿐만 아니라 오기는 자신도 답을 잘 모르는 질문에 대해서도 꿈쩍하지 않는다. 물론 케이크 미역국 선물과 카드 등등은 좋지.

오기의 생일을 가을쯤으로 짐작하는 것은 오기가 가을을 좋아하기 때문이다. 오기는 가을을 정말 좋아한다. 가을이되면 유순해질 만큼 좋아한다. 8월의 마지막날이 지나고

9월의 첫날이 오면 오기는 나를 찾아온다. 찾아와서 가을이 되었다, 하고 선언한다. 그러면 나는 길고 긴 무기력의 터널을 지난 듯한 기분을 느낀다. 물론 문밖은 여전히 더위. 한여름과 다를 바 없지만 오기의 선언 이후 곳곳에는 어쩐지 선선한 기운이 돌곤 한다.

막상 오기에 대해서 적어보려니 정말 아는 게 없구나. 그러나 대부분 나이들어 얻은 친구에 대해서는 별반 알고 있는 게 없다는 사실을 인정해야 한다. 특수한 관계를 제외한다면 우리는 친구의 이름과 일일이 설명하기 번거로울 만큼 사사로운, 그나마도 짐작에 불과한 성향 외에는 떠올릴 것이 없다. 오기 또한 마찬가지이다. 우리는 꽤나 붙어다니고 많은 대화를 나누며 자주 연락하는 편이지만 나는 오기에 대한 어떤 것도 자신 있게 적을 수 없다.

수년 전 여름 어떤 자리에서 오기를 알게 되었다. 한 출판사 관련 단체에서 마련한, 20여 명의 사람이 모이는 네트워킹 파티로 평소와 같으면 절대 가지 않았을 성격의 모임이었다. 어쩌다보니 나는 호스트 자격을 가진 한 사람이 되었고, 그 모임에 대해서는 아무것도 관여하지 않았지만 안 가면 큰 결례가 되는 상황에 처하게 되었다. 거기서 오기를 만났다. 어떻게 처음 만나는 사람들끼리 저리 신나고 즐겁게 대화를 주고받을 수 있을까. 잔뜩 겁에 질린 채 월플라워가 되어 있던 내 맞은편에 나와 같이 입을 꾹 다물고 앉아 있는 사람이 보였다. 누굴까. 무얼 하는 사람이지. 그의 목에 걸려 있는 네임태그는 뒤집혀 있었다. 누가 자신을 뚫어지게 보거나 말거나 그는, 무언가 적고 있었다. 심상한 표정으로, 세상 한심한 낙서라도 하듯이. 잠시 후 출판사 대표가 누군가를 내게 데리고 왔고 이런저런 대화를 나누느라 나는 그를 잊었다.

2차를 가자고 잡아끄는 사람들을 뿌리치느라 진이 다 빠진 채로 버스정류장에 앉아 있는데 곁에 한 사람이 섰다. 그였다. 먼저 목례를 건넨 건 맹세코 그, 그러니까 오기였다. 나중에 오기는 절대 그러지 않았다고 부정했지만 또렷이 기억한다. 늦은 시간 버스정류장엔 나와 오기뿐이었고 뒤늦게 도착한 오기는 버스 도착 시간을 먼저 확인하는 기색이더니 나를 보고 꾸벅, 아주 살짝이지만 정중하게 목례를 건넸다. 나는 엉거주춤 일어나 그의 목례를 받았다. 어색해서 번거로워서 2차라는 이합집산을 그리 좋아하지 않아서 눈치껏 빠져나왔다고 했다. 서로 다른 버스를 기다리고 있었는데 두 버스의 도착 예정 시간이 같았다. 잠시 침묵이 흘렀다.

침묵이 부담스러워 아무 말이나 꺼냈다가 후회하고 마는 습성이 내겐 있다. 오기의 경우에는 되레 일이 잘되었다. 대뜸 무엇을 썼느냐고 물었던 것이다. 오기는, 몹시 투명한 눈으로 나를 보더니, 희곡을 썼어요. 하고 대답했다. 희곡? 아니. 아까 모임 자리에서 말예요. 네. 희곡을 썼어요. 이상한가요? 나는 고개를 저었다. 물론 이상하다고 생각했다. 하지만 잘 어울린다고도 생각했다. 또 위태롭게 침묵이 흘렀다. 저는 시인이에요. 시를 써요. 그리고 시집만을 취급하는 서점을 운영하고 있어요. 아직 10년이 안 되었지만 제법 건실히 버티고 있는 게 큰 자랑이에요. 그러자 오기는 고개를 끄덕였다. 알아요. 아까 소개 시간에 했던 이야기 기억해요. 그러곤 잠시 뜸을 들였다가, 그럼 시에 대해서 잘 아시나요? 하고 물었다. 느닷없는 질문이었고 처음 받는 질문이었다. 시에 대해서 잘 아느냐고요? 되묻는 수밖에 없었다. 나는 시에 대해서 잘 아는가. 적당히 눙치고 넘어갈 수도 있었는데 그러질 못했다. 웃었고 그런 다음 혼잣말처럼, 글쎄 잘 모르겠어요, 하고 솔직히 말했다. 그렇게 헤어진 오기는 며칠 뒤 서점에 나타났다. 별말 없이 시집 몇 권을 사가지고 갔고 또 며칠 뒤 다시 서점에 왔다. 그렇게 서너 번 서점에 찾아오는 동안 나와 오기는 이런저런 이야기를 나누는 사이가 되었다. 우리는 시나 희곡에 대해서는 한마디도 하지 않았다. 어떤 이야기를 나누었는지 기억도 잘 나지 않을 만큼 평범한 내용의 대화였다. 그러는 사이 9월이 되었다. 오기가 찾아왔고 가을 도래를 선언했다. 유독 하늘 높은 9월의 첫날이었던 것으로 기억한다.

오기는 천천히 계단을 밟아 서점으로 올라온다. 무척 독특한 리듬이라, 나는 그가 첫 계단을 밟는 즉시 그가 왔음을 알 수 있다. 내가 반가움을 애써 감추며 무심한 척 표정을 가장하는 동안 그는 올라온다. 우리는 가볍게 인사를 나눈다. 그리고, 예열하는 엔진처럼 잠시 아무런 대화도 나누지 않는다. 오기가 있는 동안, 서점의 빈 책상 하나는 오로지 오기의 것이다. 오기는 그 자리에 앉아 무언가를 쓴다. 오기는 컴퓨터나 키보드로 글을 쓰지 않는다. 아무 펜, 아무 종이나 잡고 쓴다. 쓴 것을 아무렇게나 접어 주머니에 집어넣는다. 다시는 꺼내보지 않을 사람처럼. 어쩌면 정말 오기는 그렇게 함으로써 자신이 쓴 글과 작별하는지도 모른다. 그가 쓰는 것은 여전히 희곡일 거라고 나는 생각한다. 그 희곡을 그는 어떻게 하려는 것일까. 알 수 없다. 이윽고 그는 일어나 내게로 온다. 와서 말을 건다. 그렇게 또 한번의 대화가 시작된다.

여전히 우리는 서로를 알아가려 하지 않는다. 그런 채 대화를 즐긴다. 대화에는 당장의 생각과 감정이 중요하다. 이따금 과거의 기억, 미래의 예감이 끼어들 때도 있다. 과거의 기억 미래의 예감은 당장의 생각과 감정을 돋보이게 하는 다이아몬드로 장식된 왕홀, 황금이 칠해진 왕좌. 내가 오기와의 대화를 더없이 아끼는 까닭이다. 오기와 대화를 할 때 나는 기억에 얽매이지도 예감에 시달릴 필요도 없다. 더없이 충실하게 지금의 나에게만 집중할 수 있다. 아마 오기도 그리리라. 그렇기 때문에 잊지 않고 서점을 찾아오는 거겠지.

　대화를 나누지 않을 때에 우리는 각자의 상념에 빠진다. 우리가 빠진 상념은 책을 읽거나 글을 쓰는 형식으로 표출되곤 한다. 물론 서로가 어떤 책을 읽고 있는지 지금 무슨 글을 쓰고 있는지는 상관하지 않는다. 나는 시를, 아마 오기는 희곡을 쓴다. 오기는 내게 나의 시에 대해 말한 적이 없다. 나는 그의 희곡을 한 번도 본 적이 없다(단 한 번 본 적이 있는데, 그것은 완전히 폐기되었고 오기는 자신의 희곡을 무효화하기 위해 그 희곡을, 정확히는 희곡의 껍데기를 내게 주었다. 아마도 이 글들 어딘가에 그것을 옮겨 적지 않을까 싶다. 그것은 오기의 희곡이 아니다. 오기가 버린, 임자 없는 희곡이다. 뿐만 아니라 그의 시도 있는데, 오기는 시에는 필연적으로 자신의 이야기가 담겨 있어야 한다고 믿었다. 그 시도 함께 옮겨놓았다. 역시 그가 버려둔 것이다. 그러니 오기는 나를 탓하지 않을 것이다. 독자들도 부디 그러하길).

　오기는 내가 어떤 시를 쓰는지 모를 것이다. 내가 쓴 글이 잡지에 실리거나 책으로 묶여 세상에 발표될 때에 거기에는 오기의 이야기가 담겨 있다. 오기가 그것을 읽는지 어떤지 역시 나는 모른다. 때때로 바란다. 오기가 어딘가에서 내가 쓴 자신의 이야기를 읽고 있기를. 그리고 만족하기를. 나에게 말해주지 않더라도. 혹시 본 적 없는 그의 희곡도 나와 오기를 주제로 삼고 있지 않을까. 그런 생각은 나를 위로한다. 오기라고 해서 괴롭고 두렵지 않을 리 없으므로. 나와 오기라는 조건을, 소우주를 성공적으로 드러낼 방법은 어디에도 없으므로.

9

월

8

일

에세이

"나는 아무 말도 하지 않고 가만 고양이의 울음소리와

오기의 숨소리만 듣고 있었다."

아기 고양이의 울음소리

　오기는 고양이를 사랑한다. 고양이에 대한 그의 사랑은 지극히 맹목적이고 추상적이어서 다소 극단적이며 모호하지만 다른 표현을 찾을 길이 없다. 오기의 생활 곳곳에 고양이의 흔적이 묻어 있다. 일단 이메일 주소에 'cat'이라는 단어가 들어가고, 그의 휴대전화 배경화면도 고양이이며, 고양이 그림이 그려진 티셔츠를 여러 벌 가지고 있다 등등…… 하지만 오기는 고양이와 더불어 살지 않는다. 자신이 없다고 했다. 오래전부터 혼자 살아왔고 앞으로도 그럴 작정인 만큼 고양이가 아닌 그 무엇이라도 함께 사는 일은 어렵게 느껴진다는 것이다. 물론 오기가 고양이와 같이 사는 건 내 쪽에서도 괴로운 일이다. 나는 환절기마다 천식과 비염에 시달린다. 특히 고양이 털에 취약하여 조금이라도 노출이 되었다간 종일 눈을 비비고 재채기를 해야 하는 신

세가 된다. 결론. 오기는 고양이를 키우지 않고, 내 입장에서는 다행인 일.

얼마 전 오기가 절룩거렸다. 근육이 놀란 모양이라고 했다. 1미터 정도의 높이에서 떨어졌다고, 아기 고양이 때문에 그리되었다고 했다. 오기는 자신이 살고 있는 아파트에서부터 이야기를 시작했다. 아파트에서도 1층. 운이 좋아 저렴한 가격에 아주 작은, 혼자 살기에 적합한 집을 구했다. 이쯤에서, 나는 오기의 집에 가본 적이 없다. 오기는 집에 누군가를 초대하기를 꺼려하고 나는 다른 사람에 집에 놀러가기를 꺼려한다. 그래서 오기가 앞에 늘어놓은 집에 대한 상세한 묘사는 기억이 나질 않는다. 간단히 내용만 요약하면 다음과 같다.

오기가 1층에 사는 건 숙명적인 일이다. 다들 자신이 집을 선택한다고 생각하지만 아니다. 집에게 선택을 받은 것이다. 고를 기회를 집은 주지 않는다. 마땅하거나 대충 마땅한 집이 짠— 하고 나타나고, 그러면 다른 선택지는 깡그리 사라져버린다. 그래서 오기가 1층에 사는 건 숙명이다.

오기는 1층에 처음 살아보는데, 막상 살아보니 편리한 점이 많다. 관리비도 조금이나마 저렴하고(엘리베이터 사용료를 면제받기 때문이다) 외출하기도 용이하다(특히 편의점을 방문할 때 그렇다).

며칠 전 오기는 책을 읽는 중이었다. 추리소설이었고 한창 몰입해 있었다. 무언가 거슬리는 소리가 들렸는데, 몰두해 있는 사람이 대개 그러하듯 미처 신경쓰지 못했다. 그저 어떤 소리가 들린다, 정도의 감각이었달까. 그러다 문득 책을 내려놓았다. 고양이가 울고 있다. 그것도 꽤나 절박하게. 오기는 고양이에 대해 아는 것이 거의 없었으므로 울음소리만으로 고양이의 특성이라든가 연령대를 구분하지는 못했지만 울음소리가 평온한 내용은 아니라는 사실쯤은 금방 눈치챌 수 있었다. 발정기에 든 고양이의 그것도 아니다. 구조를 요청하는 울음이다. 오기는 얼른 슬리퍼를 꿰신었다. 역시 1층이어서 다행이다, 생각하면서.

밖에는 아무도 없었고 고양이의 울음소리는 더 커졌고 보다 절박해졌다. 그러나 어디서 울음소리가 들리는지 알 수 없었다. 보다 으슥한 곳에 있지 않을까. 시계를 보니 새벽 한시. 오기의 집이 속해 있는 동 대부분의 집은 불이 꺼진 채였다. 오기는 무섭지 않았다. 다급했다. 머릿속으론 벌써 아기 고양이를 구출해 자신의 집으로 데려가는 중이었다. 그런데 그다음은 어떻게 해야 하지. 오기는 여전히 다른 생명과 같이 사는 삶을 상상하기 어려웠다. 자신만의 방, 자신만의 화장실, 자신만의 거실, 자신만의 책. 어느 것 하나 포기하기 어려웠다. 어느새 오기는 고양이를 찾아내지 못하길 바랐다. 그보다 먼저 어미 고양이가 자신의 아기를 구해내기를 바랐다. 하지만 그렇게 되지 않는다면. 그렇다면 오기는 고양이가 안전한지만 확인할 생각이었다. 설령 고양이가 조금 다쳤더라도 그 정도는 괜찮을 거라고 생각했다. 아니면 구청 같은 곳에 전화를 하면 될 것이다. 그러는 사이 마침내 고양이 울음소리 가까이 갈 수 있었다. 그러나 뚝 소리가 그쳐버렸다. 아마 그를 경계하는 것이리라. 너무 컴컴했고 오기는 고양이의 위치를 확인할 수 없었다.

집으로 돌아왔다. 그러자 다시 고양이의 울음소리. 애야.

무슨 일이니. 오기는 인터넷 검색창에 '아기 고양이 울음소리 구분'이라고 입력해보았다. 온갖 종류의 울음소리가 의성어로 표현되어 있었다. 없는 게 없군. 오기는 중얼거렸다. 하지만 대부분 집에서 키우는 안전한 고양이의 울음소리였다. '야생 고양이 울음소리 구분' '야생 아기 고양이 울음'이라 검색해보기도 했다. 몇몇 영상들도 보았다. 오기의 결론은 역시 어미를 잃은 아기의 울음소리였다. 오기는 다시 밖으로 나갔다. 이번에는 참치 통조림과 랜턴도 챙겨 나갔다. 마찬가지로 가까이 다가가자 고양이 울음소리는 뚝 끊겼다. 랜턴을 켜보았다. 잘 보이지 않았다. 어쩌면 담벼락 아래 있는지도 몰라. 오기는 1미터쯤 되는 낮은 담벼락 위로 기어올라갔다. 획— 바람이 불었다. 오기는 떨어졌고 불행 중 비교적 다행으로 허리 근육만 좀 놀랐을 뿐 다친 곳은 없었다는 이야기.

결국 고양이는 찾지 못했고 오기는 허리를 다쳤으며 나는 지루했다. 아니, 그게 다야? 그러자 오기는 상처받은 표정을 지었다. 그게 다냐니. 벌써 며칠째 밤마다 아기 고양이가 울고 있어. 나는 아직도 찾지 못했고. 막상 찾는다 해도 내가 해줄 수 있는 건 하나도 없지. 고작 참치 캔이나 뜯어줄 수 있을걸. 맞아 오기. 그게 울고 있는 누군가에게 해줄 수 있는 거의 전부야. 나는 울고 있는 오기에게 참치 통조림을 뜯어 건네주는 상상을 해보았다. 착하지, 오기. 일단 이거부터 먹자. 상상 끝에 나는 바람 빠지는 웃음소리를 냈고 거듭 사과해야 했다. 마침내 마음이 조금 풀린 오기는 여전히 시무룩해서는, 이건 벌일지도 모른다고 했다. 자신의 안락함을 먼저 생각한 탓이라고. 다른 존재의 슬픔보다도 먼저 자신의 것을 생각한 탓이라고 말했다. 그 밤 이후 오기는 고양이의 울음소리를 못 들은 척했다. 기력이 다해가는 아기 고양이 모습이 자꾸 떠올랐지만, 이건 나의 일이 아니라고 생각하는 중이야. 나는 원래 비겁하지만 이렇게 막다른 길에 다다라본 건 처음이야. 나는 아기 고양이를 위해 아무것도 하고 있지 않아. 구청에도 전화를 하지 않았지. 그런 데에 붙들려 간 고양이는 보호자를 찾지 못하면 안락사시킨대. 나는 무서워. 아기 고양이의 울음소리도 무섭고 아기 고양이가 죽는 것도 무섭고 무엇보다 나의 비겁함이 무서워. 어제도 고양이의 울음소리를 들으며 책이나 읽었어. 못 들은 척 안 들리는 척하면서. 그러곤 우리 아파트

동 사람들처럼 불을 끄고 자는 척했지. 나는 참치 통조림을 따는 심정으로 오기를 위로했다. 너무 과한 생각이야. 잊어, 오기.

　그날 늦은 밤 오기로부터 전화가 왔다. 마침 나는 전화기를 들여다보고 있었고 받지 않을 수 없었다. 여보세요. 하지만 오기는 대답이 없었다. 바깥의 바람소리가 들리고 작게 아주 작게 고양이가 우는 소리. 애옹도 아니고 이옹도 아닌, 가까이 들리진 않았지만 분명히 슬픈 울음. 이게 이럴 일인가 싶으면서도 잠자코 나는 그 소리를 듣고 있었다. 정말 그치지 않고 규칙적으로 고양이는 울고 있었다. 오기의 거친 숨소리가 간간히 들려왔다. 오기는 새끼 고양이를 찾는 중이다. 못 견디고 자신의 안락한 집에서 뛰쳐나와 새끼 고양이를 구조하려고. 구조해서 자신의 집으로 데려오려고. 듣기 괴로운 것일까 무서운 것일까. 아니면 마침내 용기를 낸 것일까. 나는 아무 말도 하지 않고 가만 고양이의 울음소리와 오기의 숨소리만 듣고 있었다. 슬펐다. 너무 슬픈 울음소리와 숨소리였다. 아마 오기는 고양이를 찾지 못하겠지. 그런 채 한밤의 아파트 수풀 속을 뒤지고 다닐 것이다. 오기가 먼저 고양이 이야기를 꺼내기 전까지 나는 고양이에 대해서 아무것도 묻지 않기로 마음먹었다.

9

월

9

일

에세이

"카레집 문에 달린 종이 쨍그랑 하고 울렸다.

두 사람이요. 나와 오기는 동시에 말했다."

야구장과 롤러코스터

뭐 먹지. 비는 새벽에 그쳤고 날이 좋다. 뭐 먹지. 내 말을 따라 하는 오기는 새로 산 티셔츠를 입고 있다. 검은 바탕에 고양이 두 마리가 프린트되어 있다. 얼룩고양이가 하얀 고양이를 때리려고 앞발을 들고 있는 사진이다. 나와 오기 같네. 어느 쪽이 나인지는 짐작 가능하다. 반팔 소매 아래로 뻗은 오기의 팔이 길고 곧다. 생선구이는 어때. 고등어나 갈치. 나는 어제 먹었다고 대답한다. 에이. 그럼 뭐 먹지. 또 먹어도 상관없어. 생선구이 나 좋아. 우리의 걸음은 아무래도 생선구이가게로 향한다. 몇 걸음 가다가 오기는 걸음을 멈춘다. 식도락이랬다. 다른 거 먹자. 오기는 몸을 빙글 돌려 걷던 길의 반대로 걸어간다. 오기의 검은 티셔츠, 등뒤가 세끼맣다. 새까만 색도 이따금 눈부시지. 아주 예쁘게. 그럼 뭐 먹어.

뜬금없이, 횡단보도 앞에서 오기가 고백한다. 나는 야구
장에 가본 적 없어. 에이. 정말? 정말. 오기는 신호등에서
눈을 떼지 않는다. 하지만 야구 룰은 알아. 응원하는 팀도
있어. 정확히는 응원하는 척하는 거지만. 좋아하는 야구팀
있느냐는 질문, 나는 자주 받아. 무척. 다들 내가 야구를 좋
아하게 생겼대. 야구를 좋아하게 생긴 건 대체 어떻게 생긴
거야. 나는 잠시 생각한다. 그러고 보니 나도 오기가 야구
를 좋아한다고 짐작했던 것 같다. 언젠가 한번은 어느 팀을
응원하느냐는 질문을 했을지도 모른다. 그런데 어째서. 오
기는 볼캡을 쓰지 않는다. 공연히 공을 던지는 흉내를 내거
나 스윙하는 포즈를 취한 적도 없다. 파란불. 오기는 흰색
선만 밟는다. 일부러 그러는 건지 그럴 때만 내가 보는 건지
알 수 없다. 그저 성큼성큼 앞으로 나아가고 그러면 나는 검
은 도로만 밟으며 따라간다. 언제나 앞은 오기 뒤는 나. 성
격이 급한 건 내 쪽인데. 나는 오기의 검은 티셔츠, 새까만
등뒤에 대고 너는 야구를 좋아하는 몸을 가졌네, 말해본다.
적당히 말랐고 몸에 비해 길쭉한 팔과 다리. 그런 몸이 풍기
는 뉘앙스. 오기가 돌아본다. 나는 과학이란 걸 늘 의심하
지만 그렇다고 과학적이지 않은 말을 좋아하는 건 아니야.

파란불 깜빡여, 오기. 7초 남았대. 이번에는 내가 앞 오기가 뒤. 보행신호기의 숫자는 결코 초 단위를 뜻하는 게 아니야. 7이 1에 닿을 때까지 2, 3초쯤 걸리는 것 같아. 나와 오기는 잠시 점심을 잊고 횡단보도 앞에 서서 보행신호기의 숫자가 몇 초를 가리키는지 재본다.

카레. 오기는 결정한다. 나는 이의가 없다. 실은 그제 카레를 먹었다. 그제 먹은 건 무효지. 너의 몸에 카레가 1밀리그램이라도 남았을 것 같아? 아니지. 그러니까 카레. 사실 나는, 카레라면 매일매일 먹을 수도 있다. 카레에 질리는 데 며칠이나 걸리는지 한번쯤 실험해보고 싶다. 만약 이런 말을 오기에게 했다간 나는 정말 일주일 열흘 한 달 내내 카레를 먹을 수도 있다. 졌다고 항복할 때까지. 오기는 과학이란 걸 늘 의심하지만 실험에는 아낌도 주저도 없다. 어쩌면 오기는 경험론자일지도 몰라. 설령 오기가 카레를 싫어한다 해도 나의 오랜 의문이자, 이제는 오기의 의문이 된 '연이어 카레 먹기 프로젝트'를 포기하지 않을 것이다.

카레로 정했으니 우리는 횡단보도를 두 번 더 건너야 한다. 하지만 우리는 횡단보도 보행신호기의 숫자가 몇 초를 의미하는지 알고 있다. 그리고, 나는 롤러코스터도 타본 적 없어. 맙소사, 오기. 그거 사실이야? 사실이지. 그런 거짓말을 왜 해. 자, 말해봐. 내 몸이, 오기는 팔을 뻗어 보인다. 롤러코스터를 좋아하게 생겼어? 하지만 나는 심각하다. 아니. 이상한 소리하지 마, 오기. 세상에 롤러코스터를 싫어하는 사람은 없다고. 물론 무섭고 두려워 타지 않을 수는 있지만 싫어할 수는 없다는 게 내 생각이야. 나는 롤러코스터를 떠올린다. 굉음. 즐거운 비명. 아이스크림과 솜사탕. 뭉근하고 달짝지근한 냄새. 찬란하게 돌아가는 메리-고-라운드의 음악 소리. 설마 놀이공원에 가보지 못한 건 아니겠지. 나는 내가 알지 못하는 어린 오기의 어떤 시절을 걱정한다. 불행했거나 가난했거나 불행하고 가난했거나 그래서 친구들의 자랑을 묵묵히 듣기만 해야 했던 어린 오기. 어린 오기의 까만 티셔츠. 만약 그런 유년이었다면, 나는 당장이라도 오기를 데리고 롯데월드에 갈 거야. 내친김에 잠실야구장에도 들러서 외야 쪽에 앉아야지. 맥주를 마시면서 저녁을 보낼 거야.

설마. 나는 대한민국 어린이 출신이야. 속셈학원 피아노 학원 태권도학원 매 학기마다 줄지어 걷는 소풍과 도시락 통에 든 김밥 그리고 5월 봄날의 놀이공원. 철저하게 절차를 밟았다고. 물론 모두가 그런 어린이 시절을 보낸 건 아니겠지만. 나는 줄 서는 게 정말 싫거든. 아주아주 어릴 적부터 그랬어. 그랬군. 줄 서는 게 싫어서 롤러코스터를 타보지 않은 삶에 대해서라면 별로 할말이 없지. 혹시 야구장도 그 때문인가. 아. 야구장은 그냥 어쩌다보니 그랬어. 가보지 않았으니 좋은 줄 모르겠고 좋은 줄 모르겠으니 가볼 일이 없는 거지. 야구장, 좋아? 야구장 좋지. 나는 어릴 적 친구들과 갔던 야구장을 떠올린다. 나는 MBC청룡 어린이 회원이었다. 야구장은 집에서 아주 멀었다. 지하철을 타고 한참 가야 했지. 지하를 내달리던 열차가 한번 지상으로 나왔다가 다시 지하로 내려가면 다 왔다는 안내 방송. 커다란 야구장. 주먹만한 하얀 공이 주인공인 곳. 하얀 공이 내던져지고 후려쳐지고 날아가고 공이 그리는 포물선을 따라 사람들의 고개가 일제히 왼쪽으로 오른쪽으로 위로 아래로 움직이는 곳. 물론 그중 누군가는 그런 일에 일절 관심이 없을 거다. 이를테면 오기 같은 사람. 그냥 거기 앉아서 거기 앉아 있다는 사실을 만끽하는 사람. 하여간 맹목적이야. 야구장은. 롤러코스터도 그렇겠지. 롤러코스터가 내달리기 시작하면 중력과 속도에 사로잡혀서 아주 잠시 잠깐 모든 것을 잊어버리지 않을까. 심지어 롤러코스터마저도. 왼쪽으로 오른쪽으로 신나게 흔들리다가 쏟아지고 솟구쳐오르고 절정의 가속 구간에 이르러 괴성을 지르다보면 종착. 사랑이군. 사랑이야. 오기는 알았다는 듯 고개를 끄덕인다. 맞아. 사랑. 나는 하고 싶은 말이 있는 것 같다. 그럼 카레는. 카레는 맛있지. 우리는 카레 전문 식당 앞에 도착했다. 식당은 2층이어서 우리는 계단을 따라 올라갔다. 카레 냄새는 전혀 풍기지 않고, 오기는 그럼 우리 언제 잠실에 갈까. 롤러코스터도 타고 야구도 보고. 나도 그 생각했어. 아까. 오기의 티셔츠엔 카레가 묻어도 걱정이 없겠다. 카레집 문에 달린 종이 쨍그랑 하고 울렸다. 두 사람이요. 나와 오기는 동시에 말했다.

에세이

"나는 좋은데. 오기는, 자다 깨서 찬물을 마시는 거"

한밤중에 찬물 마시기

자다가 자꾸 깬다. 아침이 되면 손해 본 기분에 시달린다. 피곤하고, 결국 서점으로 가는 버스에서 존다. 졸다 깨면 뒷목만 아프고 조금도 개운치 않다. 예전에는 안 그랬다. 예전이라고 해봐야 불과 1, 2년 전. 눈을 붙이면 그대로 곯아떨어져 다음날이 되어서야 깨는, 나는 나의 쉬운 잠이 자랑이었다. 한밤중 마른 꿈에서 깨어나면 깜깜하다. 그게 참 적적하고 그래서 돌아누워 서걱거리는 소리를 듣다가 다시 일어나기도 한다. 화장실에 가거나 부엌 등을 켜거나 소파에 가만 앉아 있을 때도 있다. 그럴 때의 감정은 두려움이다. 미뤄두었던 사소한 걱정들이 찾아와 아무렇게나 곁에 앉는다. 물론 걱정은 앉을 줄 모르고 곁에 있을 줄도 모른다. 그런 기분이라는 뜻이다. 이왕 곁에 앉았다고 했으니 말을 건다고도 해보자. 걱정이 거는 말들은 창밖에 도사리고 있는 어둠보다 더 깜깜하다. 칠흑 같아. 아니, 칠흑같이 변하는 건 내 마음이다. 걱정은 명백하다. 놓아둘수록 명명 백백해지고 무척 환해져서 나는, 걱정의 테두리를 구체적으로 확인하는 기분이다. 이를테면,

빚. 차근차근 갚아 나아가고 있다고 믿는 빚. 어디 허튼 데에 쓴 것도 아니고 스무 평 남짓한 서점을 더 잘 운영해 보겠다고 얻은 빚. 얼마 되지도 않는 돈인데 한밤에, 그것도 자다 깨어 생각해보는 빚은 너무 크다. 평생 나를 따라다 닐 것만 같다. 그 빚을 갚다가 일생을 마치게 될지도 몰라. 그런 걱정. 또다른 걱정 중에는 원고도 있다. 하루도 밀리지 않고 차근차근 써가고 있는 원고가 문득 다 허튼소리인 듯싶고, 누가 그런 글을 읽어주나 몰라, 야유를 듣게 될 듯하고. 그나마 얼마 남지 않은 독자들의 후의가 모래 바닥에 뒹굴어 먼지를 뒤집어쓴 봉제인형처럼 가엾게만 여겨진다. 나이를 먹었으니 노년도 걱정이다. 이 작은 집에서 어디 기댈 데도 없이 쓸쓸하게 살아가겠지. 아무도 찾아주질 않아서 살아도 산 사람이 아닌 마냥 까마득하게 잊힐지도 몰라. 벌써 무릎이 좋지 않다. 난데없는 곳들에 이상이 생기고 병

원에 가보아도 나아지기보다는 안고 사는 법을 배우게 된다. 그러니 인생이란 얼마나 가혹한가. 온갖 걱정에 시달리면서 나는 나의 안락한 소파에 앉아 손가락 관절을 뚝뚝 꺾는다.

그럴 때는 차라리 책을 꺼내드는 게 나을 때도 있다. 자다 깨어 책을 읽으면 물론, 이게 뭐하는 짓인가 싶다. 조그마한 서재 3면을 가득 채우고 있는 책들이 아득하게만 느껴진다. 평생 잠들지 못하고 내내 읽어도 다 읽지 못할 책들. 아니, 쓸모없는 물건들. 이런 것을 팔겠다고, 팔아서 생활을 하겠다고 아등바등대고 있는 내가 우습다. 관두자 관둬. 손에 든 책을 내던져버리고 내던져진 책의 꼴을 우습다 내려다보면서 이런 밤이 내게만 있는 건 아니겠지, 잘 알고 지내는 똑똑한 친구들의 이름을 떠올린다. 대체 똑똑함은 어떤 기분을 내어줄까. 그들은 단숨에 한 권씩 독파해가겠지. 그것도 모자라 몇 권씩 꺼내놓고 읽겠지. 나처럼 허송세월하고 있진 않겠지. 환멸 가득한 표정을 짓다가 다시 책을 집어들며 이러지 말자, 내일부터는 더 성실해지자, 분명 어젯밤에도 했던 다짐을 되새기곤 한다. 자야지. 내일은 더 일찍 일어나야지. 성실해져야지. 서재에서 부엌을 지나 침실로 가는 그 짧은 거리의 바닥은 차갑고 나의 발은 딱딱하고 겉도는 기분을 어쩌지 못한 채 침대에 눕는다.

오늘도 나는 자다가 깼다. 방은 어둡고 이불은 바싹 말라 있고 나는 나무토막처럼 뻣뻣하다. 나는 일어나지 않고 천장을 본다. 천장에는 천장만 있고 그대로 오기의 말을 떠올린다. 자꾸 자다 깬다는 나의 불만에 오기는 그래서 도로 잠드는 건 가능해? 하고 물었다. 다행히. 다행히 내 몸은 아직 장기를 잊지 않았다. 마음만 먹는다면, 그리고 늦은 오후 이후에 커피를 마시지 않았다면 얼마든지 잠들 수 있다. 나는 좋은데. 오기는, 자다 깨서 찬물을 마시는 거, 그런 거 정말 좋아한다고 했다. 알지. 찬물을 마시면 온몸에 번지는 찬물의 기운. 몸속에 들어간 물이 첨벙대는 아래로 아래로 가라앉는 듯한 기운. 그래 그런 거. 나는 그런 거 정말 좋아. 그 말이 귀여웠다. 자다 깨어서 찬물을 마시는 일과 좋은 기분이 어떻게 연결되는지 짐작도 가질 않지만 자다 깬 오기가 냉장고의 문을 열고 찬물을 꺼내 마시는 장면이 그려졌다. 그래서 웃었다. 웃으며, 맞아, 맞장구를 쳤다. 나는 적적한 감정에 사로잡히기 전에 벌떡 일어나 냉장고로 간다. 냉장고에서 물을 꺼내어 컵에 따른다. 그 물을 마신다. 첨벙대며 아래로 아래로 가라앉는 찬물의 기운.

이상하다. 우리집 정수기 쓰는데. 냉장고에는 물이 없는데. 아, 이건 어릴 적 냉장고. 나는 그 옛날 냉장고를 열고, 그러면 노란 불빛이 꺼내 보이는 냉장고 속 결명자차. 물병으로 쓰던 델몬트 주스병. 그 두툼하고 무거운 감각. 바닥에 가라앉아 있던 결명자차 까만 씨앗들. 오소소 몸을 떨고 방으로 돌아가기 전에 돌아보던 부엌의 잿빛 적막. 왜 그런 것들이 떠오를까. 이상한 일이야. 그러거나 말거나 나는 찬물을 마신다.

자다 깨어 찬물을 마시기는 쓸데없는 걱정보다 얼마 읽지도 못할 책보다 훨씬 좋다. 좋다는 건 정말 사소한 일이야. 그냥 좋아하면 되니까. 좋은 구석을 찾아내면 그건 좋아하는 일이 되어버린다. 내가 오기를 좋아하는 것처럼. 좋아함을 알고 싶다면 자다 깨어 찬물을 마셔보면 안다. 찬물을 마시면 살아 있음을 실감하게 되는구나. 꿈의 일은 꿈의 일이 되고, 오늘 일은 이미 지나간 일이 되어버렸고 내일 일은 아무도 모른다. 지금 나는 자다 깨어서 찬물을 마시고 살아 있음을 확인하고 있으며 차가운 부엌 바닥을 밟고 저벅저벅 침대로 돌아가 마른 이불을 덮고 잠을 청하겠지. 금방 저 깊고 깊은 곳으로 쏟아져내리겠지. 방금 내 몸속에 부어넣은 찬물처럼 가라앉겠지. 오직 그뿐 아무 일도 없고 아무 일도 일어나지 않는다. 오기는 이런 게 좋았구나. 컵을 싱크대 안에 내려놓았다. 순간 모든 것이 깜깜해지고 말았고 나는 더듬더듬 내 자리를 찾아 돌아가 이불을 뒤집어썼다. 곧 까맣고 차가운 잠이 조용히 밀려들었다. 잠들기 전에 잊지 않고 내일은 조금 더 성실하게 살아봐야겠어, 생각도 해본다.

9

월

11

일

에세이

"하긴. 커피. 그러면 얼마나 많은 기억이 넘실대는가."

위통과 커피

명치께가 아프다. 약국에 갔더니 밀가루, 술이나 커피 등을 피하라고 조언해주었다. 구매한 알약으로 이틀을 버텼다. 예전에 두어 차례 비슷한 통증을 겪은 적 있었고 이번에도 무난히 지나가주리라 짐작했으나 어림없다는 듯 통증은 사라지지 않았고 간헐적으로는 더 심해지는 것 같기도 했다. 병원에 가야 했다.

의사는 다정하다. 역시 큰일이 아니라는 듯 약을 닷새치 처방해주면서 역시 술이나 커피 등을 피하라고 일러주었다. 처방전을 들고 간 다른 약국에서는 아예 콕 집어서 커피는 당분간 자제하는 게 좋겠다 하는 거였다. 나는 참지 못하고 물었다. 아침에 딱 한 잔 마시는, 그것도 피해야 할까요. 내가 듣기에도 절박한 목소리여서 웃음을 터뜨릴 뻔했으나

약사는 조금도 우습지 않다는 듯 가만히 고개를 저을 뿐이었다.

그깟 커피. 오기는 상대도 하지 않고 무언가를 적고 있고 나는 외롭다. 그깟 커피라니. 내게 커피는 곧 아침이란 말이야. 그도 그럴 것이 하루의 업무 시작 전 커피 한 잔이 루틴이 된 지 벌써 몇 해인가. 어림잡아 스무 해 가까이 된 거 같다. 오기 또한 마찬가지 아닌가. 잠에서 깨어나면 먼저 커피 물부터 끓이곤 한다 들었다. 그러자 오기는 펜을 내려놓고, 자신은 위통에 시달린 적도 없으며 커피를 마시지 않아야 하는 처지에 몰린 적이 없어 그렇지 당장 내일부터 마시지 않아도 된다고 장담했다. 다만 그럴 필요가 없을 뿐이야.

대체 말이 통하지 않는다. 나는 다시 쓰기에 몰입하고 있는 오기를 내버려두고 문득, 커피를 처음 입에 대어본 게 언제더라 헤아려보다가 피식 헛웃음을 짓고 말았다. 자판기. 맞다. 자판기.

중학생 시절 다니던 작은 학원 건물 입구에는 인스턴트

커피 자판기가 있었다. 한 잔에 100원이었나 아니 150원이었나. 동전을 넣으면 밀크커피, 프림커피, 블랙커피 그리고 우유, 네 개의 버튼 아래 빨간 불이 들어왔다. 수업이 하나 끝나면 아이들과 우르르 몰려가 100원 아니면 150원을 넣고 밀크커피 버튼을 눌렀다. 담배도 술도 어림없던 나이. 그렇게 말할 수 없나. 이미 그런 것쯤 우습게 피우고 마시던 아이들도 있었나. 하지만 새가슴이던 내 입장에선 고작 커피 한 잔이 일탈이었다. 그게 좋아서 하루에도 몇 잔씩 마셨다. 학원에는 몰래 좋아하던 애가 있었다. 그애가 자판기 앞에 선다면 동전을 넣어줄 테야, 하고 기다렸다. 하지만 그애는 혼자 다니는 법이 없었다. 주머니 속 짤랑거리는 동전 같은 추억이 그쯤에서 끝났으면 좋았을 텐데, 나는 그만 그 미련한 계획을 실행하고 말았고 그애는 참으로 쌀쌀맞게 반환 레버를 돌려 동전을 돌려주었다는 슬픈 후기.

오기는 펜을 빙글빙글 돌리며, 거참 괴씸한 아이로군, 했지만 어쩐지 웃고 있는 듯 보였다. 너 지금 웃어? 어딜 웃어. 감히 웃어. 그러나 오기는 대거리하지 않고 언젠가 그 이야기를 희곡에 써도 되겠느냐고 되물었다. 흥. 네가 희곡을 쓰거나 한다면야. 하지만 나는 오기가 그 이야기를 정말 희곡에 쓰고 연극으로 상연되었는데 우연한 계기로 자판기 그애가 그 연극을 보게 되면 어쩌나 은근히 걱정이 되었다.

하긴 커피. 그러면 얼마나 많은 기억이 넘실대는가. 커피 한 잔 혹은 두 잔을 놓고 쌓아왔던 모든 사연, 기다렸고 만났고 웃고 떠들었으며 이따금 엎드려 울었던, 너무나 진부하지만 그만큼 일상적인 이야기들이 마치 성냥개비로 만든 탑처럼 와르르 무너지고 차근차근 다시 쌓여올라간다. 그리고 그 이야기들은 언젠가의 자판기 앞 쌀쌀맞은 그애처럼 느닷없이 떠오르며 아픈 것도 쓰린 것도 아니고 하여간 설명하기 어렵게 아슬아슬한 감각을, 차마 통증이라 이를 수 없는 감각을 불러올 것이다. 오기, 커피를 끊는 건 그리 쉬운 일이 아니란다. 그러면서 나는 내 자리로 돌아와 인터넷 창을 띄워 '위통에도 마실 수 있는 커피'라든가 '위통에 어울리는 커피' 따위의 문장을 검색해보는 것이다. 물론 세상에 그런 커피는 없다. 어쩔 수 없이 나는 며칠 커피를 단절한 채 보내야겠지. 그로부터 며칠 뒤 명치의 통증이 가시고 나면 나는 오랜만에 자판기에서 커피를 뽑아볼 생각이다. 마침 근처에 구닥다리 자판기가 한 대 있다. 내가 커피를 뽑으려 할 적에 혹시 누가 동전을 넣어준다면, 나는 반환 레버를 돌리지 않고 한껏 그이를 사랑해줄 마음이다.

_____

9

월

12

일

_____

인터뷰

"나는 내게서 마치 떨어져나갈 듯 길게 늘어진 나의 그림자를 봐."

오기와의 인터뷰 1

햇살 좋은 어느 날.

이상한 마음에 사로잡혀서 나는

앞에 오기를 앉혀놓고

질문을 시작한다.

오기는 고심하는 척,

때론 슬퍼하며 장단을 맞춰준다.

오기에게 아름다움이란.

크리스마스트리. 크기나 형태나 뒤덮인 장식품과는 관계없이. 크리스마스트리는 복잡해. 온갖 감정을 불러오지. 축제가 다가온다는 들뜸. 겨울방학과 겨울 놀이에 대한 기대. 은근한 슬픔. 알 수 없는 비밀. 하여간, 크리스마스트리는 그 무엇으로도 대체할 수 없다는 점에서 일종의 원관념이야. 어릴 적 집 거실에 놓여 있던 크리스마스트리. 그건 어린 내 키만했지. 성탄절이 다가오면 아버지는 지하 창고로 가서 기다란 마분지 상자를 꺼내왔어. 그 안에 작년의 크리스마스트리가 들어 있었지. 플라스틱으로 만들어진 조악한 전나무에 반짝이 가루가 뿌려진 별이나 공, 산타 모양의 인형, 무엇도 담을 수 없을 만큼 작은 거울 양말을 매달고 색색 전구를 돌돌 감아놓으면 그해의 크리스마스트리가 완성되는 거야. 겨울밤 반짝이며 우리 가족을 수호했던 크리스마스트리. 성탄절이 지나고 새해가 찾아오면 도로 길쭉한 마분지 상자에 포개어 담겨 지하 창고 구석에 자리 잡았지만 조금만 기다리면 다시 겨울이 찾아왔지. 그렇게 몇 해 반복되다가 결국 사라지고 말았는데, 나는 아직도 그 크리스마스트리를 기억해. 그건 내 안에 있어. 봄꽃이 피고 바다의 여름이 찾아와도 불빛을 감추지 않지. 찬바람이 불기 시작하고 덜덜 몸을 떨 때쯤 그 불빛은 점점 화려해져. 겨울은 밤이 기니까. 마음속 크리스마스 트리 앞에선 난 여전히 어린아이야. 한밤중 트리가 잘 있나 궁금해서 몰래 깨어 거실로 나가게 돼. 그러면 거실에는 크리스마스트리가 빨갛고 파랗고 노란 불빛을 반짝이고 있어. 어쩐지 따뜻해. 아무것도 무섭지 않지. 그것 말고 다른 아름다움을 찾을 수 있을까.

그래도 있다면 아름다움이란.

잊히지 않는 기억. 느닷없이 나는 그 장면을 봐. 보는 게 맞겠지. 선명하니까. 그렇다면 내게는 다른 눈이 있다는 뜻일까. 그렇지 않다면 어째서 눈앞에 없는데 보이는 거지. 아무런 인과관계도 없이 말이야. 실제로 갑작스럽게 보이기 시작하는 그 장면은 분명 '있었던' 일이야. 그 시간의 나는 그 장면이 이토록 오래 남을 거라 짐작하지 못했을걸. 그만큼 대수롭지 않고 평범해. 무엇 때문에 그렇게 되었는지 어떻게 끝났는지는 하나도 기억나지 않아. 기억이 난다 해도 의심스러워. 정말 그래서 그렇게 되었고, 결국 그렇게 되고 만 것일까. 아니…… 다른 표현을 찾지 못하겠다. 그저 아름다웠기 때문이야. 그리고 그 시간의 나는 그 장면이 아름다움이란 사실을 몰랐고, 사실 지금도 모르겠어. 예를 들어 이건 한 사람에 대한 기억이야. 금요일 늦은 오후였고 나는 강의실 뒤쪽에 앉아 있어. 뒤쪽 문이 열린다. 누군가 걸어들어오고 있다. 커다란 천 가방을 둘러메고 오버핏 외투를 입고 있네. 그는 앉아 있던 학생들을 가로질러 강단으로 가. 잠시 정지. 그리고 다시 실행. 나는 잠자코 그가 강단에 놓인 책상 앞에 앉는 것을 보았어. 이게 전부야. 그날의 날씨는 떠오를 때마다 달라. 어떤 때는 비가 내리고 어떤 때는 찬란한 저녁 빛이 비껴들지. 강의실은 가득차 있고 때론 텅 비어 있어. 그런 건 중요하지 않아. 나의 시선을 사로잡은 오직 한 사람. 꼿꼿하고 도도한, 시가 걸어서 움직인다면 바로 그런 모습이었을 거야. 물론 이건 한참 뒤에 내가 덧붙인 해석이지. 또 무엇이 있을까. 많아. 셀 수 없을 만큼은 아니야. 순서 없이 반복되지. 나이가 들수록 그런 장면의 수가 적어지는 것 같아. 슬퍼.

　그리고 또.

　(오기는 한숨을 쉰다.) 앙리에트 벵제Henriette Binger의 온실 사진. 아마 세상에서 가장 유명한 사진 중 하나일걸. 본 적은 없어. 그럴 기회가 내겐 없었지. 아마 다들 보지 못했을 거야. 그런데 나는 자꾸 그 사진을 본 것만 같은 기분이 들어. 천장이 유리인 온실. 나무다리에 남자아이와 여자아이

가 함께 서 있어. 남자아이는 난간에 기대어 있고 여자아이는 정면을 보고 있지. 두 아이는 서로 닮았어. 남매인 거지. 하지만 그들의 외양이 아니더라도, 그 둘을 느슨하게, 그렇지만 무엇보다 단단하게 잇고 있는, 마주 걸고 있는 손가락을 보면 누구나 그들이 남매라는 사실을 알아챌 수 있어. 다시 말하지만 나는 이 사진을 본 적 없어. 사진의 임자는, 그런 존재가 있다면 말이지만, 누구에게도 이 사진을 보여줄 수 없다고 했어. 오직 자신만을 위해 존재하는 사진이라고 했지. 이쯤 되면 아마 너도 눈치챘을 거야. 앙리에트 벵제는 롤랑 바르트Roland Barthes의 어머니야. 롤랑 바르트는 『밝은 방』을 오직 그 사진, 어머니의 온실 사진에 기대어 집필해. 『밝은 방』은 내가 가장 자주, 반복해 읽은 책이지. 아마 앞으로도 그럴 거야. 나는 이 책에 기묘한 책임감을 느껴. 글자와 글자 사이에 숨겨져 있는 어떤 비밀을 알아채야만 할 것 같다고 생각해. 처음 이 책을 읽고 느꼈어. 이게 바로 독서야! 하고. 나는 롤랑 바르트가 쓴 것은 물론 쓰지 않은 것, 폐기한 것, 몰래 되살려놓은 것, 심지어 그가 미처 몰랐던 것까지 모조리 읽고 싶어. 때론 읽었다고 생각하기도 하지. 그게 가능은 할까. 프랑스어를 한국어로 옮겨놓은 책으로 말이야. 나에겐 『밝은 방』이 세 권이나 있어. 두 권은 빽빽해서 글자를 알아볼 수 없을 만큼 메모해둔 것이고 나머지 하나도 그리되어가고 있지. 그리고 이 열독의 귀결은 알리에트 뱅제의 어린 시절 사진이라고 생각해. 롤랑 바르트가 흥분하여 온갖 미사여구로 꾸며놓은 그 사진의 진본을 보고 싶고, 본 것 같아. 거기엔 언어화할 수 없는 원초적인, 결국 아름다움이라는 말로밖에 설명할 수 없는 무언가가 있을 거야. 있어. 나는 봤어. 잠시 봤지.

　……여담이지만, 롤랑 바르트는 내가 태어날 즈음 죽었지. 그의 죽음과 나의 탄생은 아슬아슬할 만큼 가까워. 나는 거기서 커다란 보람을 느껴. 웃지 마. 나도 이상한 말인 거 잘 알아.

　더 알고 싶어.

　그렇다면 언덕. 내가 살아온 모든 언덕. 높고 낮은 언덕. 그중에서도 저녁 언덕. 언덕은 내 무릎에 새겨져 있어. 정강이에도. 정강이에 흉터로 새겨진 언덕은 서른 몇 해가 지났는데도 여전히 남아 있지. 나는 언덕을 달려내려가는 기분으로 살아왔다고 생각해. 어릴 적엔 몇 번 구르기도 했지. 대체 어떻게 살아남은 거지 싶게 세게 넘어지기도 했어. 운 적도 있지. 절뚝이면서 언덕을 마저 내려갔지. 하지만 여지없이 나는 내달려. 언덕을. 언덕은 내게 사랑을 알려줬어. 글을 가르쳤고 마음을 키웠어. 잠을 재우고 밥을 먹였지. 언덕은 내게서 사랑을 빼앗아갔고 아버지를 잃게 했어. 언덕은 나를 슬픔과 괴로움에 허덕이게 만들었지. 그러니 언덕은 사실상 내 모든 것이야. 달리 말하면, 내 모든 것이 만든 경사 위를 나는 내달리고 있고 헐떡이면서도 멈출 수 없고 그런 게 삶이라고 주장하고 있는 거지. 나는 새로이 사람을 만나 알고 싶어지면, 그런 경우는 거의 없지만 말이야, 그의 언덕을 상상해봐. 얼마나 높을지, 어떤 재질의 언덕일지, 그곳의 저녁은 어떤지. 나는 너의 언덕도 상상해본 적 있어. 너는 알면 알수록 가파르고 양옆에 숲을 키우고 있는 밤의 언덕을 가진 사람이야. 무섭겠지. 하지만 너는 용감해. 거침없이 달리고 있어. 그래서 나는 너를 존경해. 너를 알고 싶고 너의 언덕을 알고 싶어져. 물론 언덕은 보여줄 수 있는 게 아니야, 드러나는 거지. 그러니 너도 나의 언덕을 상상해봤으면 좋겠어. 한편 나는 지금 내가 살고 있는 나의 삶을, 어린 시절 어떤 저녁에 엄마의 심부름으로 두부

를 사기 위해서 내달리던 언덕에서의 꿈이 아닐까 의심하
기도 해. 나는 내게서 마치 떨어져나갈 듯 길게 늘어진 나의
그림자를 봐. 언덕은 붉게 달아올랐고 나의 그림자는 까맣
고 나는, 달려가 가게 앞까지. 두부 앞에 다다를 때까지.

　오기, 네게 아름다움은 뭐야.
　(한숨을 쉰다.) '아름다움'의 껍질, 에 있는 것. 그만 물어
봐. 더 대답할 게 없어.

9

월

13

일

시

"조용해진 틈을 놓치지 않고
빗소리가 방을 가득 채웠다"

대화

창문을 열고 싶었다
자리에서 일어났는데
창문은 열려 있었고 이제
창문을 열 수 없구나
나는 거절당했고 그때

이를테면 연필 같은
가볍고 기다란 소리를 내는
그런 것이 떨어졌다
내게는 연필이 없어서
연필을 떨어뜨렸다는
특별한 강박을 쥐고서
발밑을 확인했다

아무것도 없었다

아니다 바닥에 햇빛조각
이럴 수가 비가 내리는데
저것은 햇빛조각이다
나는 햇빛조각에 손을 대보았다
이제 손등에 햇빛조각이 있고
그 일에는 선후가 뒤바뀐 입장이
입장이라기보다 시차인 것일까

시차라는 생각은
특별한 경사를 만들고
가볍고 길다란 소리를 내며
이를테면 연필 같은
그런 것이 굴러가고 있다
지금 굴러가는 것이 무엇일까
손등의 낙담은 따뜻했으며
조용해진 틈을 놓치지 않고
빗소리가 방을 가득 채웠다

창문을 닫아야겠어 이제

일어섰는데 창문이라니

그런 것은 없어

네가 말했고 나는

한없이 멀어지는 기분에

사로잡혀버렸다

9

월

14

일

에세이

"오뚜-기 삼분카^레"

오뚜기 삼분카레!

　밤의 버스정류장은 내가 가장 사랑하는 장소로, 그곳에 우두커니 서 있으면 정말 걱정이 없다. 물론 이유 없이 찾지는 않는다. 버스정류장에선 모름지기 버스를 기다려야 하는 법이다. 대기 시간은 아무리 길어져도 상관없다. 한밤이라면, 버스가 도착하기만 한다면 얼마든지 기다릴 수 있다. 요즘엔 정류장마다 전자 표지판이 있고 버스가 몇 분 뒤에 오는지 막차마저 끊기진 않았는지 다 알려줘서 편리하지만 흥이 없다. 그런 게 없던 시절엔 적당한 긴장감이 있어 더 좋았다. 밤은 점점 깊어지고 아무리 기다려도 오지 않는 버스. 체념을 하다가도 멀리 커다란 엔진 소리와 함께 헤드라이트 불빛이 다가오면 혹시 저 버스가 내가 기다리는 버스가 아닌지 발꿈치를 드는 기분.

그래서 밤의 버스정류장에선 콧노래를 흥얼거리게 된다. 가사를 아는 노래, 가사를 모르는 노래, 일정 파트의 음만 아는 노래. 되는대로 아무렇게나. 아무도 없을 때엔 볼륨을 키우듯 목청껏 노래를 부르기도 한다. 그러다 누가 있었다는 사실을 알게 되면 냉큼 뒤돌아 노선도를 확인하는 척한다. 그러게. 밤의 버스정류장은 무언가를 숨겨놓고 있다. '무언가'는 사람이기도 하고 물건이기도 하다. 때론 자국이나 흔적 같은 다소 추상적이면서도 즉물적인 감각일 때도 있다. 재작년 여름엔 한 남자가 마스크를 쓰고 울고 있었다. 중년이었고 조금 술에 취해 있었다. 그는 상체를 앞으로 숙인 채 손으로 눈두덩을 가리고 아이처럼 엉엉 울었다.

그제야 오기는 반응했다. 그래서 어떻게 했어. 어떻게 '했'냐니. 내가 무얼 어떻게 할 수 있단 말인가. 나는 그와 조금 떨어져서 흘깃대며 훔쳐보았지. 그러다 버스가 왔고, 물론 나만 올라탔다. 부러 오른편 좌석에 앉아서 버스가 떠날 때까지 울고 있는 남자를 지켜봤다. 그리고 잊었다. 잊고 있었다. 오늘, 밤의 버스정류장에서 오기에게 내가 얼마나 밤의 버스정류장을 사랑하는지 고백하기 전까지. 오기는 마치 유리병을 들여다보듯 내 눈을 보았다. 그러곤, 흐응 하고 이상한 콧소리를 냈다. 뭐야. 그 콧소리는. 별거 아니야. 그냥 나는, 하고 오기는 버스가 달려올 왼쪽으로 시선을 돌렸다. 버스는 아직이다. 전자 표지판이 8분 뒤에 도착한다고 알려주고 있다. 밤에는 시간이 단축된다. 운이 좋다면 5분쯤 뒤에 도착할 터다. 울었다는 남자가 네가 아닐까 생각했어. 내가 그럴 리가. 나는 버스정류장에선, 그것도 밤의 버스정류장에선 울지 않는다고. 그러자 오기는 웃었다. 그러게. 그냥 그럴지도 모른다고 생각했을 뿐이야. 오기가 그렇게 말하자 나는 정말 그 남자가 나는 아니었을까 잠시 의심했다.

그리고 잠시 침묵.

우리가 타지 않을 버스가 한 대 지나가고,

다시 우리는 기다린다.

순간 오기가, 아니. 틀렸어. 정색했다. 삼분카레가 아니라 삼분요리. 뭐라고? 오뚜기 삼분카레가 아니라 오뚜기 삼분요리라고. 너 지금 '오뚜-기 삼분카^레' 하고 불렀잖아, 그런다. 아. 내가 또 노래를 흥얼거렸나. 나도 몰랐네. 그린

데, 아니 맞잖아. 오뚜-기 삼분카^레. 나는 다시 한번, 이번
에는 조금 더 소리 높여 오뚜기의 삼분카레 광고 CM송을
불러본다. 그러자, 땡. 땡땡땡이야. 너는 매번 그러더라. 가
사를 처음부터 끝까지 제대로 아는 노래는 하나도 없는 거
야? 세상에. 오기. 너는 늘 맞는 말만 하지. 그렇지만 이번
엔 내가 옳아. 나는 지금껏, 그러니까 살아온 평생 이 노래
를 또 듣고 불렀다고.

　누구에게나 느닷없이 입속을 맴도는 노래가 있다. 즐거
울 때, 심심하거나 불안할 때, 더러는 슬플 때에도. 마음속
정념을 이겨내어보려고. 나에겐 하필, 삼분카레 CM송이 당
첨되었다. 한때는 정말 즐겼으나 요즘은 먹을 일이 별로 없
는 레토르트 식품의 CM송을 수시로, 상황에 맞지 않게, 그
야말로 아무때나 흥얼거리곤 한다. 더러는 나도 모르게. 지
금처럼. 밤의 버스정류장에서 내가 흥얼거린 삼분카레 CM
송만 해도, 카레 그릇 수로 따지만 600인분은 너끈할 것이
다. 그런 내가 이 CM송을 잘못 알았을 리 없잖아. 나의 코
웃음에 오기는 스마트폰을 꺼내 검색한다. 그러곤 먼저 들
어본다. 나에게 넘겨준다. 자. 들어봐. 그가 건네준 스마트

폰 화면에는 먹음직한 카레 한 접시가 놓여 있고 스피커에서 명랑한 박자에 맞춰 오뚜-기 삼분'요^리' 하는 노래가 들린다. 다시 들어본다. 여전히 오뚜-기 삼분'요^리'이다. 믿을 수가 없어서 나는 생각에 잠긴다. 때마침 버스가 도착하고 우리는 버스에 탄다.

알아냈어. 밤의 버스정류장을 벗어나는 밤의 버스 안에서 나는 만세를 했다. 들어봐. 그러니까, 옛날에는 오뚜-기 삼분'카^레'였는데, 그 노래가 변형된 거야. 이제 오뚜기 레토르트 식품의 라인업이 다양해졌으니까. 그러곤 오기의 스마트폰으로 유튜브를 뒤적여본다. 유튜브에는 오뚜기 카레의 2000년대, 1990년대, 1980년대, 1970년대 광고가 모조리 있다. 한데 그 어디에도 오뚜-기 삼분'카^레' 하는 노래는 없다. 이럴 수가. 충격에 빠져 있는 내 손에서 스마트폰을 빼가면서 오기는 나직한 목소리로 오^뚜^기^카^레, 하고 통통 튀는 스타카토의, 제대로 된 CM송을 부르는 것이다. 믿을 수 없지만 내 가설을 증명할 방법이 없다. 오기는 덧붙인다. 너 저번에 〈인형의 꿈〉 노래도 이상하게 부르더라고. "한 걸음 뒤에 항상 니가 있었는데." 혹시 그다음 가사 알아? 나는 그 부분을 생각해본다. 다음 가사는 머릿속에 없다. "그대, 영원히 내 모습 볼 수 없나요"거든. 붙여봐. "한 걸음 뒤에 항상 니가 있었는데 그대, 영원히 내 모습 볼 수 없나요." 이상하지? "한 걸음 뒤에 항상 '내'가 있었는데 그대, 영원히 내 모습 볼 수 없나요"가 정확한 가사야. 오래 전부터 지적해주고 싶었는데 넘겼지. 나는 충격을 받는다. 아 그렇구나. 얼굴이 달아오르는 것을 느끼며 입을 꾹 다문다. 솔직히 말하자면, 네가 부르는 노래 가사는 거의 다 모순투성이 엉망진창이라고. 오기는 피식 웃으며 인사한다. 그래도 재미있어. 재미있고 귀여워서 늘 지적하지 않고 놔두고 있지. 나 내린다. 잘 가. 잘 자고. 오기가 버스 창문 너머에서 손을 흔들고 있다.

밤의 버스에서 내려 도로 밤의 버스정류장에서. 생각해 보니 나는 누구더러 들으라고 노래를 불러본 적이 없다. 나는 밤의 버스정류장에서만 노래를 부르네. 나 좋으라고. 가사야 틀리든 말든 음정이고 박자고 따질 필요도 없이. 밤의 버스정류장을 더없이 사랑하는 까닭은 그 때문이 아닌가 싶다. 그저 나 혼자 있으니까. 나만 있어도 되니까. 거기

115

서 우두커니 온몸에 묻은 타인에 대한 감정을 반응을 감각을 지워낸다. 마치 샤워를 하듯이. 쏟아지는 물줄기의 역할을 흥얼거리곤 하는 노래에 맡기는 거겠지. 그렇게 생각하니 오기에 대한 얄미움도 지워지고 '오뚜-기 삼분요^리'를 '오뚜-기 삼분카^레' 하고 불러도 아무 상관이 없는 기분이다. 아니, 상관이 없다. 외려 더 박력 있고 좋지 않은가. '레!' 하고 똑 떨어지게, 오뚜기 삼분카레! 이제 더는 기다릴 것도 없는 한밤의 버스정류장에서 가만히 서서 나는 또 내 멋대로 '오뚜-기 삼분카^레' '한 걸음 뒤에 항상 니가 있었는데 음음-' 노래를 부른다. 누가 듣든 말든. 그러다 잠깐, 나 누구에게 한번 노래를 불러준 적이 있었다. 그때는 가사를 보면서 노래를 불러주었지. 술에 취해서. 그런 기억이 떠올라 다시 한번 얼굴이 빨개지고 말았다. 오래전 일이다. 그때의 사정과 사람을 더듬대다 자리에 앉아 그만 울고 싶어졌다. 아이처럼 엉엉.

9

월

15

일

편지

"나는 네게 나의 외투를 보여주고 싶어.

아니 지금껏 그래왔지."

지난겨울, 오기에게 보낸 편지

아까 내가 낙담한 거 눈치챘어? 비가 눈으로 변하던 순간을 보았느냐고 네가 물었을 때 말이야. 나는 보지 못했고, 아마 볼 수 없었을 거야. 모니터에서 눈을 떼지 않고 있었겠지. 실은 눈을 기다리고 있었어. 막상 눈이 내리면 성가시지. 치워야 하니까. 서점 앞을 오가는 사람들을 위해서. 그들이 혹시 서점 앞 눈에 미끄러져 넘어지거나 하면 그건 서점의 책임이 되는 거야. 법으로 정해져 있는지는 모르겠어. 설령 위법이 아니더라도 마음이 무거울 테지. 넘어진 사람이 노인이기라도 하면 한동안 그 충격에서 벗어나기 어려울 거라고 생각해. 그렇지만 나는 늘 눈을 기다려. 제대로 뒤덮였으면 좋겠어. 종일 눈을 치우게 되더라도, 교통이 마비되고 그래서 집까지 걸어갈 수밖에 없더라도 상관없어. 지붕도, 가로수도, 거리도 새하얗게 변해서 안과 밖을 구별

118

할 수 없는 지경이 보고 싶어. 지금껏 딱 한 번 그런 눈을 본적이 있지. 까만 밤이 하얗게 들떠 있던 그날 나는 집까지 거의 네 시간을 걸어야 했어. 다른 방법이 없던 것도 아니었는데도 나는 집으로 걸었어. 집이란 그런 거야. 반드시 돌아가야 하는 곳. 그곳을 가려고 엉금엉금 걸어가면서 보았던 풍경을 잊지 못해. 감각을 잃어버렸을 만큼 얼어붙었고 보이는 것은 눈뿐이었어. 걷다 쉬다 걷다 쉬다 하면서 나는 감탄했지. 내가 할 수 있는 것은 감탄뿐이었어. 그런 경험을 다시 한번 해보고 싶었어. 아무튼 오늘은 눈이나 비가 내린다고 했고 내일은 한파라고 했으니까 그럼 좀 내려주려나, 했지. 하지만 비가 내렸고 비를 맞고 서점에 왔기 때문에 나는 설마 눈이 내리려나 했던 거 같아. 마찬가지로 너도 비를 맞으며 서점에 왔고. 조금 젖어 있었기 때문에 알고 있었지. 그런데 그런 순간이 있었다고 하니까, 무언가 소중한 것을 빼앗긴 기분이었어. 결정적 순간 직전에 친구와 잡담을 주고받던 사진가의 기분이랄까. 그런데 그 누군가는 그 순간을 포착한 거지. 자신만의 카메라로. 물론 비가 눈으로 변하는 장면은 내가 늘 기다리는 '인생의 장면'이 아니지만, 어쩌면 완전히 다른 장면이지만, 그건 그것대로 얼마나 아름다웠을까. 하지만 비가 눈으로 변해 펑펑 쏟아진 잠시 잠깐을 본 건 너뿐이었고, 나는 너의 설명으로만 접해야 했으니까 낙담하게 된 것은 당연해. 나는 '직접적' 경험을 그리 중요하게 생각하는 편은 아니지만, 그 장면만은 직면해야 했어. 너의 설명이 아니라 나의 두 눈으로. 넋을 잃었을 거야 분명. 몇 분, 아니 몇 초쯤의 시간이었겠지. 그 짧은 사이가 나의 평생의 기억으로 새겨졌을 테니까. 그래서 여태 아쉬워하고 있고, 반복해 생각하다보니 이제는 차라리 본 것만 같은 기분이기도 하다. 그런 착각. 아마 알겠지. 더하고 덧대어지기도 하는 사실의 비사실성. 정말 한 20년 뒤에는 오늘 있었던, 내게는 없었던 일을 마치 내 것인 양 여기고 말지도 몰라. 매혹이란 그런 것이지. 어떤 증명도 필요 없는 주관. 내가 믿고 싶은, 증명할 필요 없고 오로지 '나'에게 맡겨진 감각적 사건. 그것은 대개 사소하고 그렇지만 한정 없이 펼쳐지는 거대함이지. 혼자만의 것이기 때문에 은밀해. 설명하려 해도 설명이 되지 않는 신비야. 매혹 앞에서 나는 완전히 혼자가 되어버려. 공동의 규약으로서의 언어를 믿지 않게 돼. 오직 암호. 암호, 난수표가 없는. 눈이 쏟아지다 못해 내려앉은 그 이떤 밤을 도대체 형언할 수 없듯이. 그 밤이 너의 밤이 될 수 없듯이. 그래서 나는 시를 쓰는지도 몰라. 시는 설명하지 않아도 되니까. 이해받지 못해도 되니까.

내가 요즘 하루키를 열독하고 있다는 이야기를 했던가. 잘 모르지만, 아마 너는 하루키를 좋아하지 않겠지. 싫어하지도 않고 그냥 무심할 거야. 나는…… 실은 잘 모르겠어. 그런데 자꾸 읽게 돼. 며칠 전부터 그랬어. 무척 배가 고픈데, 눈앞에 꽤 맛있어 보이는 음식이 깨끗한 접시에 담겨 있는 거지. 식탁에 앉은 사람은 나뿐이고, 부엌에는 아무도 없어. 처음에는 눈치를 보겠지. 하지만 한참을 기다려도 아무도 오지 않아. 그럼 실례합니다, 한입 먹어. 그다음 두 입, 세 입, 그렇게 접시는 깨끗하게 비워지는 거야. 꼭 그렇게 하루키의 장편소설을 모조리 읽고 있어. 아무도 찾아오지 않는 서점에 앉아 종일 소설을 읽고 나면 어떤 죄책감이 남는데, 아무도 오지 않으니 상관없지 않을까 싶은 심정도 그와 비슷해. 그런 하루키의 장편소설 중에 『1Q84』라는 소설이 있어. 너도 제목은 들어봤겠지. 읽어봤을까. 모르겠네. 굳이 내기를 한다면 안 읽었다는 쪽에 걸겠어. 하여간 2009

년쯤 나왔을『1Q84』의 주인공 중 한 사람의 이름은 아오마메야. 일본어로는 '푸른 콩'이라는 뜻이래. 적장 주인공 본인은 싫어하는 이름이지만, 나는 참 좋아. 그 이름. 뭔가 무한한 가능성을 가졌잖아. 푸른 콩을 심으면 무럭무럭 줄기가 자라나고 우렁우렁 콩을 매달겠지. 그런 이름이야. 아오마메가 어떤 사람인지 소설에서 어떤 역할을 하고 있는지는 나중에 따로 이야기해줄게. 내가 적고 싶은 건 아오마메의 꿈이야. 꿈에서 아오마메는 나신裸身인 채야. 주변에는 알지 못하는 사람들이 모여서 두런두런 이야기를 나누고 있지. 아오마메는 꿈에서도 부끄러워. 그런데 주변에는 몸을 가릴 것이 아무것도 없지. 게다가 몸속의 변화가 느껴져. 당장이라도 생리혈이 나올 것만 같은 거야. 여간 당혹스러운 것이 아니겠지. 그때, 하얀 벤츠에 타고 있던 중년 여성이 아오마메에게 다가와. 중년 여성은 실제로 본 적이 있는 사람이지. 그녀가 아오마메에게 자신의 외투를 벗어 입혀줘. 아오마메는 걱정을 하지. 생리가 시작될 것 같으니까. 비싸 보이는 외투를 버리지 않을까. 그런 걱정을 전달하지만 중년 여성은 고개를 저을 뿐이야. 전혀 상관없다는 듯이. 꿈에서 깬 아오마메는 확신에 차서 생각해. 꿈속 그

중년 여성은 신神에의 비유일 거라고. 자신을 도와줘서가 아니라, 신이란 그런 존재라고. 아 그래. 나는 동의하고 말았어. 정말 그렇지 않을까. 신. 나를 구원해주거나 구렁으로 몰아넣거나 하는 심판관이 아니라 그저 외투를 벗어 벌거벗은 나를 덮어주는 일을 할 수 있는 소극적인 조력자가 아닐까. 그런 생각은 나를 정말 편안하게 만들어. 그렇다면 됐어. 나도 더이상 어려울 것 없어, 같은 심정이랄까. 그렇다면 당장 내게 그 외투는 매혹이라는 코드일 거야. 신이 입혀주는, 내 벗은 몸을 가려주는 어떤 것. 내가 벌거벗은 외톨이라는 감각은 변함이 없지만 그것으로 안심해, 나는. 그것이 있다면 어떻든 살 만한 거야. 그것이 나로 인해 어쩔수 없이 엉망이 되더라도. 괜찮다고 걱정하지 말라고 고개를 저어주었으니까. 설령 내 것이 아니더라도 내 것으로 삼고 살아가는 거지. 정말이지 근사한 비유가 아닌가 해. 나는 네게 나의 외투를 보여주고 싶어. 아니 지금껏 그래왔지. 다행인 것은, 너와 내 외투는 디자인도 소재도 완전히 다를 거라는 점이야. 외투라는 형태는 같겠지만, 우리는 모든 외투를 외투라고 불러도 각기 다른 외투를 가지고 있잖아. 아마 사이좋게 서로의 것을 탐내지 않으면서 인정할 수 있지 않을까. 사심 없이 말이야.

좋은 밤 보내, 오기.

9

월

16

일

에세이

"친구끼리 취미를 공유해서 나쁠 게 없다.

아니 근사한 쪽에 가깝겠다."

오기와 사진

카메라를 손에 쥐면 자주 걸음을 멈추게 된다. 어쩔 수 없이. 그럴 때, 동행인 누군가는 아랑곳없이 걸어가고 누군가는 보채거나 화를 내고 오기는 나를 기다린다. 딱히 관심을 갖지 않은 채. 우뚝 멈춰 파인더에 눈을 대고 있는 나를 돌아보고 함께 멈춰 서서 아무데나 시선을 두고 얌전히 기다린다. 얼마나 시간이 걸리든 개의치 않고. 찍은 사진을 카메라 액정을 통해 보여주어도 별반 반응이 없다. 좋네, 혹은 멋진데, 하고 말 뿐이다. 오기도 사진을 배워 함께 찍으면 좋을 텐데. 그렇지만 영 호기심이 생기질 않아서라는 사람에게 억지로 사진 찍기의 오묘함을, 그로부터 비롯되는 즐거움을 강요할 수는 없는 노릇이다.

친구끼리 취미를 공유해서 나쁠 세 없다. 아니 근사한 쪽에 가깝겠다. 서로를 향해 한 발짝 다가가는 일이 될 테니까. 친구가 되었는데, 마침 음악을 좋아하고, 각자 다룰 줄 아는 악기가 있어서 하나의 밴드를 만드는 예. 얼마나 멋진가. 내 주변에도 그렇게 만들어진 밴드가 있다. 그들의 음악과 연주가 어떤지는 궁금하지 않다. 그저 그들의 깊어가는 우정이 더없이 부럽다.

취미가 같은 사람을 찾아 친구가 될 수도 있겠지. 채굴 기술자에게 우주 비행 기술을 가르치느냐 우주비행사에게 채굴 기술을 가르치느냐 하는 영화 〈아마겟돈〉 딜레마. 하지만 친구를 사진 찍게 하는 것과 사진 찍는 사람을 친구로 만드는 것에는 제법 큰 차이가 있다. 전자가 '일부의 전체'라면 후자는 '전체인 일부'라고 해야 할 것이다. 물론 내게도 사진 친구들이 있다. 그들 중 한둘은 가깝게 여기고 있다. 그들과 나는 오직 사진에 대한 이야기만 나눈다. 그 밖의 대화에서 우리는 적극성을 상실한다. 무기력해지다 침묵에 빠져들고 만다. 우리를 우리로 만드는 것은 오직 사진과 카메라에 대한 이야기뿐이다.

그러니 오기가 사진 찍기나 카메라에 관심을 갖는다면 얼마나 좋을까. 물론 사진이라는 매체에 대해 오기 또한 흐릿하게나마 흥미를 갖곤 한다. 언제였더라. 아마 〈매그넘 포토 전展〉이었을 것이다. 나는 매그넘 그룹이 찍는 다큐멘터리 사진에는 큰 관심이 없다. 우연히 티켓 두 장이 생겼을 때 즐거웠던 건 오직 오기를 꾀어보고 싶어서였다. 오기는 뜻밖에 흔쾌히 따라나섰다. 그랬을 뿐 아니라 몰입하여 사진 보기를 즐겼다. 뿌듯해져서 소감을 물었을 때 오기는 고정되어 현재로 넘어온 시간에 대해 말하기 시작했다. 한 장 사진에 얼마나 다양한 시간이 담기는지, 사진을 통해 일직선의 불가역으로만 여겨지던 시간이 어떻게 회오리치는지. 시간이 회오리치는 가운데 남겨진 이미지와 그 이미지에 들러붙은 의미는 어떻게 분리될 수 있는지 등등. 갈수록 열정적으로, 전시장 사진에서 길어올린 자신의 발견을 기뻐하는 오기를 보면서 나는, 오기를 사진 찍기 쪽으로 이끌기를, 그의 손에 카메라를 쥐게 하기를 말끔하게 포기했다. 사진은 사진이고 의미와 발견, 해석은 별도의 과정이라는 사실을 오기는 이해하지 못할 것이 분명했다.

얼마 전 현상을 맡기러 간 김에 비어가는 필름 창고를 채워볼까 싶어 필름 판매대를 들여다보다가 일회용 필름 카메라를 하나 발견했다. 일포드에서 제작한 일회용 흑백 필름 카메라였다. 일회용 필름 카메라가 오랜만이기도 하고 흑백 필름이 들어 있는 일회용 필름 카메라는 처음 보는데다가 뜻밖으로 값이 저렴해서 신기했다. 살펴보고 있으려니 가게 직원 중 하나가, 그건 유통기한이 지난 거예요, 찍는 데는 아마 별 문제가 없겠지만 중요한 사진을 찍는 용도로는 적합지 않을 거예요, 참견했다. "중요한 사진을 찍는 용도로 적합지 않"을 거라는 직원의 말에 솔깃해졌다. 당장 오기를 떠올렸다. 마침 1만 원 안팎의 저렴한 가격이라 부담이랄 것도 없었다. 이정도 값이라면 핀잔을 듣진 않을 듯하다. 마다하면 내가 쓰면 되지. 어차피 중요한 사진을 찍을 일 없는 것은 내 쪽도 마찬가지니까.

오기는 마치 콜라병을 손에 든 부시맨처럼(너무 낡은 비유이려나) 일포드 일회용 흑백 필름 카메라를 관찰했다. 한 번도 써본 적 없어? 그럼. 내가 이걸 쓸 일이 무어 있었겠어. 나는 어릴 적 가족들과의 경주 여행을 떠올렸다. 일회용 '컬러' 카메라. 그 모양과 쓰임이 신기해서, 동생과 나는 서로 카메라를 차지하려고 싸웠었다. 결국 돌아가며 한 사람이 한 컷씩 찍는 것으로 합의를 보았다. 마지막 한 컷은 커다란 무덤 앞에서였는데, 어머니와 아버지 그리고 입을 잔뜩 내밀고 삐친 동생이 찍혀 있다. 물론 찍은 사람은 나였다. 사실 나도 그때 말고는 일회용 카메라를 쓴 적이 있었나 싶긴 하다. 그렇더라도 조작법은 너무 간단해서 나는 매일 일회용 필름 카메라를 사용하는 사람처럼 오기에게 조작법을 알려주었다. 우측 상단에 달린 톱니를 돌리면 필름이 돌아간다. 그 위의 버튼을 누르면 사진이 찍힌다. 어두운 데서 사진을 찍고 싶다면 왼쪽에 있는 버튼을 길게 누를 것. 여기 빨간 불이 들어오면 플래시를 사용할 수 있다. 오기는 흐음, 하고 내 설명을 들었다. 그러곤 다시 흐음, 하고 카메라를 받아들었다. 무얼 찍어야 하지, 카메라를 들어 파인더 구멍을 통해 이곳저곳을 들여다보다가 불쑥 내 얼굴을 향해 툭, 망설임 없이 셔터 버튼을 눌렀다. 동시에 예열되어 있던 플래시가 터졌다. 야! 나의 비명을 듣고도 모른 척, 오기가 말했다. 재밌네. 고마워.

수일이 지났다. 사진을 찍기는 하는 거야? 나는 참지 못하고 물었다. 오기는 매일같이 '그 카메라'를 들고 다녔고 글을 쓸 때나 책을 읽을 때면 '그 카메라'를 책상 위에 올려두었다. 하지만 들고 사진을 찍는 모습은 보지 못했다. 오기의 대답은 한결같았다. 그럼. 과연 카메라의 필름 카운터는 조금씩 착실하게 그 숫자를 늘려가고 있었다. 아마 내가 보지 않는 곳에서 찍는 모양이지. 그 안의 사진들이 궁금했지만 확인할 길이 없었다. 나는 몇 번이고 당부했다. 더는 톱니가 돌아가지 않을 때 내게 돌려달라고. 현상 스캔을 해주겠다고. 물론 사진을 허락 없이 보지 않을 테니, 꼭 내게도 보여달라고. 오기는 역시, 그럼, 대답했다.

며칠째 필름 카운터가 늘어나지 않았다. 이미 선물한 카메라에 간섭하는 것도, 왜 사진을 찍지 않는 거냐고 종용하는 것도 우스웠기 때문에 힐끔대며 확인할 뿐 더는 뭐라고 말하지 못했다. 한동안 바쁜 일이 있었고 한참 후에야 나는 오기가 앉은 자리에 '그 카메라'가 올려져 있지 않다는 사실을 알아차렸다. 그러고 보니까, 너 요즘 '그 카메라' 안 들고 다니는데. 내 목소리는 조금 뾰족해져 있었다. 그러자 오기

131

는 별일 아니라는 투로 아 그게 말이지, 하고 말끝을 흐렸다. 잃어버렸구나. 응. 아무리 찾아도 보이질 않네. 잠시 고민했다. 화를 낼 일인가. 아닌 것 같다. 고작 1만 원 안팎의 사물이다. 심지어 나는 그것을 선물했다. 그렇다고 유일무이한 특별한 것도 아니다. 특별한 것이 있다면 그 카메라 안에 든 사진들이어야 한다. 하지만 그 안에 든 것은 나의 것이 아니다. 나와 무관하며 내가 상관할 수 있는 무언가가 될 수 없다. 그래도 속상했다. 기다렸는데. 궁금했는데. 내가 말을 잇지 못하고 있으니 오기는 애써 선물해줬는데 미안해. 별일 아니라는 투로 사과했다. 그래 어쩔 수 없지. 내목소리는 여전히 모나 있었다. 그래서 몇 컷이나 찍었는데. 그러자 오기는 무언가를 적고 있던, 곱게 네 등분해 접어놓은 A4 용지를 펼쳐 숫자를 셌다. 열두 컷. 아깝네. 그런데 그 종이는 뭐야. 이건 사진에 대한 기록이지. 그러니까 오기는 자신이 찍은 사진을 글로 기록해두었다는 것이다. 그건 왜, 하고 묻자 정확하지 않으니까, 하고 대답했다. 사진은 정확하지 않아. 놓쳐버리거나 사라져버리잖아. 나는 오기에게 그 메모를 볼 수 있느냐고 물었다. 오기는 흔쾌히 보여주었으나 그것을 옮겨 적는 일은 허락하지 않았다(자

신의 메모 바깥으로 옮겨져 가면 정확해지지 않기 때문이라고
했다). 대신 네가 기억하는 만큼은 기록해두어도 좋다고(기
억이란 불완전을 전제로 한 행위이므로). 허락받았으니, 어
렴풋하게 떠올릴 수 있는 것만 남겨두자면 다음과 같다.

*

희경형의 얼굴. 플래시가 터지는 순간의 섬광 때문에 그
의 표정 변화를 놓쳤다. 그때의 표정은 누구에게도 목격되
지 않은 채 영영 사라져버렸다. 두 눈을 우습게 감았을 거라
고 짐작한다.

*

고양이가 있던 자리(주차장 아스팔트). 틱시도 고양이였
다. 최대한 동그랗게 몸을 말고 있었다. 내가 카메라를 꺼
내자 고양이는 자동차 아래로 숨어버렸다.

*

갈변한 사과. 이 사진은 완전한 형태로 있었던 사과(빨갛고 기묘하게 동그랬다)와 변색되기 전 사과 조각의 시간을 표상한다.

*

보도블록 위에 떨어진 500원짜리 동전. 이 사진을 찍을 때 내 발이 같이 나오지 않도록 나는 발을 벌렸다. 500이라는 숫자가 보이는 쪽으로 놓여 있었다. 나는 그것을 줍지 않았다. 잠시 후 돌아와봤을 때 그것은 사라지고 없었다.

*

주머니 속 어둠. 실수로 찍힌 듯하다. 찍혔는지 아닌지도 모른다. 하지만 분명 나는 필름을 감아두었고(이렇게 표현하는 거 맞겠지) 카메라를 꺼냈을 때에는 다시 감아야 했으므로 그사이 한 컷의 낭비가 있었다. 어쩌면 소요일지도 모른다.

등등.

열두 컷에 대한 기록을 읽고 나는 그만 웃어버리고 말았
다. 나는 종이를 돌려주며 어디서든 그 카메라를 찾거든 꼭
그 속의 사진을 보고 싶다고 덧붙였다. 무엇보다 나의 얼굴
사진을 회수해야 하므로.

9

월

17

일

희곡

"오늘도 아버지에겐 아무 말도 듣지 못하는가보군요."

오기의 희곡

밤 아홉시가 되어, 서점 문을 닫으려고 이곳저곳을 살피다가 서점 책상 위에 놓인 A4 규격 종이를 발견했다. 나는 즉시 그것이 오기의 메모임을 알아보았다. 나와 오기는 여러모로 다르지만, 물건을 쉽게 잃어버리고 잊는다는 점에서는 거의 완벽하게 일치한다. 아주 잘은 글씨로, 거기 쓰인 글은 희곡임이 분명했다. 오기에게 전화를 걸었다. 너 희곡 두고 갔는데. 오기는 영문을 모르겠다는 듯 잠시 침묵을 지키다가, 아. 그게 거기 있나보네, 하고는 무언가 찾는 기척이 들린다. 그러곤 이내, 아닌데, 하고 대꾸한다. 거참. 이거 네 희곡 맞다니까. 오기는 하하 웃는다. 영문을 모르겠네. 내가 부인하는데 나의 희곡이 맞다라. 그럼 버려줘, 한다. 나는 이리 쉽게 버린단 말이야 하고 놀란다. 한번 보여달래도 보여주지 않는 희곡을. 만날 적마다 심각한 표정으로 단

한 줄이라도 적으려 하는 희곡을. 버린다. 알겠어. 전화를
끊고도 미심쩍어서, 종이를 사진으로 찍어 전송한다. 분명
확인을 한 모양인데 답이 없다. 체념을 하고 종이를 주머니
에 넣었다.

오기로부터 답장이 온 건 다음날이다. 오기는 자신이 쓴
희곡이 맞지만 자신의 희곡은 아니라고 한다. 버렸다의 의
미는, 소유를 포기한단 뜻이야. 더이상 내 것이 아닌 거지.
그럼 이거 내 마음대로 사용해도 돼? 나는 반은 장난으로
회신해보았다. 오기는 아주 간단히 답했다. 그래. 네 마음
대로.

언젠가 나는 오기에 대한 책을 써보기로 마음먹은 참이
고, 그렇다면 이 희곡이 그 책에 수록되어도 좋겠다고 생각
했다. 오기의 이름으로 발표를 하는 것이며 무엇보다 그에
대한 사용을 본인에게 확인받은 참이니까 문제없겠지. 훗
날 법정에 가거든, 주고받은 문자는 요긴한 증거로 사용되
리라. 물론 농담이다.

슬픔에 대한 소묘*

배경

늦은 밤 어느 버스정류장

등장인물

오기. 마흔 살. 술에 취해 있다.

아버지. 죽은 사람.

주의사항

극은 최소한의 빛 아래서 전개된다.

(물론) 이 극은 '어떤 극'의 일부이다.

'어떤 극'은 쓰인 적이 있으나 공개된 적 없으며 앞으로도 공개될 일이 없다.

그러므로 이 극은 불완전하며 그로서 의미를 갖는다.

어둠 중 지극한 침묵.

조명이 아주 천천히 들어오면 버스정류장.

어둡다.

어둠 안쪽 남자가 앉아 있다.

남자의 허벅지를 베고 누운 오기.

남자는 오기의 등을 천천히 오래 쓰다듬는다.

오기 천천히 잠에서 깨어난다.

남자   술을 얼마나 마신 거니?

오기, 고개를 들어 남자를 본다.

유심히 본다. 초점이 맞지 않는다는 듯 고개를 흔들어본다.

오기   아.

오기가 몸을 일으킨다.

남자는 오기를 마주본다. 눈을 피하지 않는다.

사이.

오기　　정말 아버지로군요.

아버지　좋을 때지. 그럴 만해.

　　　　하지만 적당히 마시거라.

　　오기는 볼을 꼬집어본다.

아버지　(웃으며) 뺨이라도 때려줄까.

오기　　괜찮아요.

　　　　이게 꿈이라면 꿈에서라도 뺨을 맞고 싶지 않아요.

　　　　꿈이 아니라면, 더더욱 그렇고요.

　　　　신기해서 그래요.

　　　　돌아가신 뒤 처음 아닌가요. 우리.

아버지　그런가. 난 기억도 나지 않는구나.

오기　　복권 번호라도 주시려고 오신 거예요?

　　　　좀 일찍 오셨으면 좋았을 텐데.

　　　　숫자를 다섯 개만 알려주고 그러면 안 돼요.

　　　　잠깐만요. 펜이 어딨지.

아버지　너는, 작가가 돼가지고 펜도 없어?

오기　　요즘 펜으로 글쓰는 작가가 어딨어요.

긴 사이.

오기   번호.

아버지   없어.

오기   번호 없어요?

아버지   없대도.

긴 사이.

오기는 자세를 고쳐 앉는다.

오기   그럼, 왜 찾아오신 거죠?

아버지   내가 온 게 아니고 네가 온 거지.

        난 여기 계속 앉아 있었다.

        갑자기 네가 나타났어. 깜짝 놀랐다니까.

오기   혹시, 제가 죽기라도 한 걸까요.

아버지   못하는 말이 없구나.

        부모에게 할 말이 아니야.

다시 긴 사이.

오기, 멀뚱멀뚱 있다가,

오기   그런데 지금 뭐하시는 중이에요?

아버지   그냥 있지.

오기   가만히 이렇게?

아버지   가만히 이렇게.

        버스 기다리는 것과 비슷해.

        물론 버스는 안 오지.

오기   아. 버스.

아버지   왜?

오기   난 버스를 타고 있었는데.

        취해서. 맞지요?

        어떻게 된 거지요?

아버지   너는 죽은 사람은 뭐든 알고 있다는 듯 말하는구나.

        분명 모른다고 했는데 말이야. 하긴,

        어릴 때부터 넌 그랬지. 내 말이라면 믿질 않았어.

오기   그렇지 않을걸요.

        아버진 제게 아무 말씀도 하지 않으셨어요.

아버지   그야 어떻게 생각하느냐에 따라 다르지.

나는 늘 너를 불러서 무엇이든 이야기해주었단다.

(긴 한숨을 쉰다.)

지금은 다투고 싶진 않구나.

오기   근데, 언제부터 이러고 있었던 거예요?

아버지   죽은 다음부터 지금까지 쭉.

오기   20년 동안 쭉.

혹시 사후세계, 라는 게 이런 걸까요.

정말 시시하네요.

아버지   그럼 뭐 대단한 일이라도 있을 줄 알았어?

오기   뭐, 천국이라거나 지옥이라거나, 윤회 같은 것도 있고요.

신부님이나 스님이나 하는 분들이 말하는 거 있잖아요.

아버지   그들이 죽어봤대니.

왜 내 말은 안 믿고, 생판 남의 말은 그리 믿는 거냐.

그런 걸 보면 너는 네 엄마하고 참 많이 닮았어.

오기   엄마는 제가 아버지랑 똑 닮았다고 하시죠.

아버지   네 엄마 말은 하나도 믿지 마.

긴 사이.

오기   언제까지요?

아버지   뭐가 말이야.

오기   이렇게 있어야 하느냐는 거죠.

아버지   글쎄. 나도 처음 죽어봐서 잘 몰라.

내가 오래 생각해봤는데 말이야.

사람들이 다 나를 잊으면 끝나지 않을까.

너나 네 엄마나, 내 친척들이나

다 죽고, 너도 죽고

네가 남겨놓은 내 이야기도 다 죽으면,

나를 기억하는 사람 하나도 남지 않으면,

그때는 이럴 필요도 없는 거니까.

오기   재미없네요.

아버지   재미없지.

어제는 로스앤젤레스에 있었고 그제는 목포항 앞

에 있었어.

가만 앉아 있다보면,

옛날에 잘못했던 것도 떠오르고,

146

잘했던 것도 떠오르고. 그러지 말았어야 했는데,

조금 더 해볼걸, 그런데 어쩔 수 있겠어,

이렇게 되고 말았구나, 하는 거지.

오기　앞으로는 더 잘해야겠다, 그런 생각도?

아버지　앞으로? 그건 크지. 참 커. 크고…… 잘 모르겠구나.

오기　죽는다는 건 아무것도 해결해주지 않는군요.

아버지　아니. 어떻게 될지 모른다는 거야.

네가 복권에 당첨될 수도 있고, 나도 부활 같은 걸

할 수도 있지.

오기　그건 힘들 거예요. 아버지 화장해서.

긴 사이.

오기　아버지.

아버지　왜.

오기　돌아가신 지 20년 정도 되었잖아요.

20년이면 충분히 긴 시간인데,

왜 이렇게 더 길고 멀게 느껴질까요.

아버지　왜 20년이야. 40년이지.

오기   무슨 말씀이세요. (꼽아본다) 20년 전에 돌아가셨

　　　 는걸요.

아버지 네 20년만 20년일까. 내 20년을 더해봐라.

　　　 그럼 40년이지. 참 오래되었구나.

오기   그래요. 40년. 40년 동안 아버지 생각을 많이 했

　　　 어요.

　　　 아버지는 제 생각을 하셨어요?

아버지 내겐 생각할 시간밖에 없단다.

오기   그래서요.

아버지 나는 다투고 싶지 않아.

　　　 그만하자꾸나.

　　 긴 사이.

오기   아버지.

아버지 왜.

오기   죽고 나면 슬픔은 사라지나요.

아버지 사라지긴 왜 사라져. 나는 지금도 슬프다.

오기   슬프면 어떻게 해요.

아버지   슬픔 속으로 들어가버린단다.

오기   그럼 어떻게 되는데요.

아버지   기다리게 되지. 버스를 기다리는 사람처럼.

오기   하지만 버스는 오지 않죠.

       솔직히 말씀드리면 저는 너무 지쳤어요.

아버지   정말 못되게 말하는구나.

오기   맞아요. 저는 정말 그렇게 말해요.

       사는 건 못되게 말하는 일이라고 생각해요.

아버지   잘못 생각하는 거야.

오기   (웃는다) 오늘도 아버지에겐 아무 말도 듣지 못하

       는가보군요.

       화내지 마세요.

       저는 여전히 아버지가 무서워요.

       그리고 이제는 다투고 싶지 않아요.

     긴 사이.

오기   아버지.

아버지   왜?

오기　　부르면 대답해주니까 좋네요.

　　　　이번 제사상엔 무얼 올릴까요.

아버지　꽃게. 꽃게가 좋겠다.

오기　　꽃게 못 드시잖아요. 알러지 있어서.

아버지　네 엄마가 좋아한다. 꽃게.

　멀리, 버스가 오는 소리,

　점점 커진다.

아버지　오기야.

오기　　네, 아버지.

　일순 환해졌다가 거두어지는 빛.

　아슬아슬 남아 있다 천천히 사라지고 침묵.

　기어코 암전.

*희곡에는 제목이 없었다. 곧장 배경 지시문으로 시작되는 이 희곡의 제목은 내가 붙였다. 분류 편의상 설정했을 뿐 별다른 의미는 없다. 덧붙인 말(오기는 주의사항이라고 적었다)에도 적혀 있듯, 이 희곡은 어떤 희곡의 막간 극, 혹은 일부로 사용되기 위해 쓰인 것으로 짐작된다. 오기의 시가 그러하듯, 희곡의 주인공 이름은 오기로 되어 있었다. 내가 붙인 것이 아니다. 나는 꽤 재미있게 읽었다. 모쪼록 미래의 독자들에게도 즐거움이 되기를 바란다. 무척 짧은, 콩트 수준의 길이이므로 실연될 리는 없을 거라 짐작하지만 혹시라도 무대 위에 올리고자 하는 사람이 있다면, 꼭히 연락을 주기 바란다. 미리 알려두는데, 오기는 과민하고 어느 정도 오만하며 적당히 무신경한 사람이다. 상대하기 까다로울 것이다.

9

월

18

일

시

"볕이 게으른 고양이처럼 누운

늦여름의 느린 오후에는"

대화

오기는
낡은 철문에 대고 묻고 있다
누구십니까
대답하지 않는다 아무도
그런 철문은 두드리고 싶지 않을 것이다

늦여름이다 낮이고 볕은
게으른 고양이처럼 눕는다
조금씩 자리를 바꿔가면서
그만해 이제 나는
복도를 따라 울리는 내 목소리를 듣게 된다
기억하는 한
복도의 막다른 끝은

아이스크림 포장지와

담배꽁초 몇 개가 버려져 있는 화분

그리고 아무것도 자라지 않는다

고양이 같은 늦여름 볕을

내쫓고 싶다

눈부시기 때문이다 적어도

늦여름과 볕은 공평해야 하지 않나

누구에게나

화분에게

버려진 것들에도

기회가 되지 않더라도

볕이 어슬렁거리며 복도의 막다른 끝으로 가

둥그렇게 웅크리는 상상을 한다

누구십니까

나는 한숨을 쉰다

포기하지 않는 것은 어느 쪽일까

오기

낡은 철문

철문 너머의 누군가

풀리지 않는 수수께끼

답은 매번 달라지고

정답은 신도 모를 것이다

모르고 싶을 테니까 그러니,

제발 오기

어제는 길을 걷다가, 분명 점심을 먹으러 가는 길이었는데, 마음을 바꿔 산책을 하자 걷고 있었는데, 산책은 식사보다 건강에 유익하니까, 어쩌면 우리는 너무 많이 먹는 게 아닐까, 유사 이래, 보편 다수가 이토록 배불리 살았던 적이 있었을까, 그러니 한 끼 정도는 걸러도 아무 상관없는 거라고, 그런 생각에 사로잡혀 걷고 있는데, 뭔가 뚝 떨어진 거지, 나는 고개를 들어 공중을 살폈는데, 거기엔 파란 하늘과 하얀 구름 몇 개가 있을 뿐이었고, 잘 둘러보면 건물들 사이 어디쯤에서 태양을 발견할 수도 있었겠지만, 적어도 내 발아래 떨어진 것이 햇빛은 아닐 거라는 것쯤은 짐작할 수 있었고, 비나 눈일 수도 있었겠지만, 분명 하늘은 파랗고, 나

는 그야말로 공중에서는 아무것도 발견하지 못했으니, 그
렇다면 무엇일까, 설마 사람은 아닐 테지, 그럴 수도 있겠지
만 적어도, 너와 나는 아니니까, 대체 무엇이었을까 그건

나는
그것이 나무의 껍질이라고 생각한다
수명을 다한 플라타너스의 나무껍질은
느닷없이 몸을 던져 떨어진다
떨어져 납작하게 엎드린다
엎드려 생각한다
하지만 알 수 없다
고개를 숙여 그것이 무엇인지 보기 전까지

누구십니까 집요한 오기는
문을 열어볼 생각이 없는 모양이다
두려움
정말 누군가 있을까봐
아는 사람이거나 모르는 사람일까봐
내가 그리로 가

오기를 데려오지 않는 이유도

거기 오기나

오래된 철문이 없으면 어쩌나

누구십니까에 해당하는

누구가 덩그러니 있고

누구와 맞딱뜨리게 되면 어쩌나 하는

두려움

툭 떨어진다

나는

멸망의 징조가 아니라

나무의 껍질이라고 생각한다

늦여름에 망하지 않는다

지구는 그럴 것이다 그리고

누구십니까, 오기가

여전히 오래된 철문에 대고 묻는다

아무도

그런 문은 누드리고 싶지 않을 것이나

볕이 게으른 고양이처럼 누운

늦여름의 느린 오후에는

9
월
19
일

에세이

"미안해. 오기. 부디 원하는 시 쓰길 바라."

오기와 시

안녕. 오기는 서점을 한 바퀴 돌아보더니 가깝게 다가 선다. 카운터를 사이에 두고 우뚝 멈춰, 앉아 있는 나를 내려다본다. 숫제 카운터 위에 양팔을 걸치고서. 미안해. 급히 보낼 메일이 있어서. 물론 서점에도 다급한 메일이 온다. 서둘러 처리하면서도 급한 건 내가 아니라 상대편이라는 생각을 지우지 못한다. 인간은 주로 악한 중에 느닷없이 선해지곤 한다는 게 나의 지론이다. 어째서 목소리 한번 들어본 적 없는 아무개씨의 급한 용무를 이토록 상냥하게 처리해준단 말인가, 하고 의아하게 생각하면서도 아무개씨가 설정한 템포에 맞춰 선하게 답장을 마치고 그제야 숨을 돌린다. 오기는 여전히 그대로 거기 있다. 왜. 무슨 일 있어? 오기는 누가 있는지 주변을 살핀다. 걱정 마. 언제나 그렇듯 시집서점에는 아무도 없어. 마침내, 오기가 속삭인다.

나도 시를 써보려고 해.

시를? 왜 갑자기. 처음 몇 권쯤, 오기도 시집을 사 간 적이
있다. 그후론 시늉만 냈다가 나와 가까워지고 난 뒤로 흉내
마저 내지 않는 오기다. 물론 그러면서도 시집을 훑어보는
일은 꾸준하다. 만약 오기가 아닌 다른 사람이 그랬다면 적
잖이 짜증이 났을 것이다. 누구든 붙들고 이런 소릴 다 들었
노라 하소연을 했을지도 모른다. 하지만 오기다. 오기는 그
런 사람이다, 인정을 하고 나서는 그가 책장 앞을 얼쩡대어
도 신경쓰지 않았다. 이따금 물어보고 싶을 때도 있다. 너
내 시집은 읽어봤니. 오기의 책장에는 아마, 아마 버리지 않
았다면 내가 준 내 시집 다섯 권이 꽂혀 있을 터다. 그중 한
권은 초판으로, 내가 가진 단 두 권 중 하나를 건네주기까
지 했다.

어제 집에 있는 시집들을 뒤적거리다가 문득 깨달았어.
카운터에서 몸을 떼고 싱크대로 간 오기는 제 것처럼 쓰는,
덕분에 아무도 쓰지 못하게 된 머그를 수돗물로 헹군다. 오
기의 습관이다. 우리는 자연 성분 세제를 써. 깨끗이 설거

지했고. 의심받는 것 같아 쏘아붙인 적이 있다. 오기는 태연하게 대꾸했다. 더러워서 그러는 게 아니야. 이편이 더 안심이 되기 때문이지. 메마른 무언가에 갑작스레 뜨거운 무언가를 담는 게 불편해서, 컵에게 미안해서 그렇게 행동하는 오기는 컵을 탁탁 턴 다음, 머그를 커피머신 아래 놓고 버튼을 누른다. 원두를 분쇄하고 압착해 커피를 내리는 요란한 소리가 끝나자 오기는 말을 잇는다. 내가 읽고 싶은 시는 아마 어디에도 없겠지. 그런 시를 볼 수 있는 가장 쉬운 방법은 아무래도 직접 쓰는 거 아니겠어.

아…… 그게 말이지. 이론상으론 이론異論이 있을 수 없게 맞는 말이긴 해. 말없이 이어질 말을 기다리는 오기. 커피를 들어 입술에 대어보는 오기. 뜨거웠는지 미간을 살짝 찌푸린 채 입맛을 다시는 오기. 그래 오기야. 그렇게 버튼을 누르면 나오는 커피처럼 간단하면 얼마나 좋겠어. 에스프레소면 에스프레소, 라떼면 라떼, 아메리카노면 아메리카노. 그런데 말이야. 시를 쓴다는 건 아마 원두 생산부터 시작해야 하는 일일 거야. 커피나무 열매 수확 말이야. 아니지, 커피나무를 키우는 거랄까. 잘 알고 있겠지만, 한국의 기후에선 커피콩 생산이 사실상 불가능하지. 나는 의자 등받이에 기대어 잠시 생각한다. 한 20년 전쯤일걸. 학교 선배가 커피나무를 분양받는 자리에 따라가본 적 있어. 분양을 해주는 사람도 분양을 받는 선배도 커피 열매는 구경도 하지 못할 걸 알고 있었는데도 참으로 정답게 커피나무를 주고받더라고.

그 오래전 일을 나는 가끔 생각해. 가끔은 물론 시가 써지지 않을 때지. 맺지도 않은 열매를 수확해 말리고 볶고 분쇄해서 커피를 내리는 상상을 하는 기분이랄까. 그때 선배는 내게 말했어. 운 좋아서 열매를 얻으면 좋은 거고 그렇지 않더라도 얼마나 재미있느냐는 거지. 아니야. 재미없어. 오기. 나는 그렇게 생각해. 시쓰기라는 건 분명 그런 무망함이 아닐까 싶은데. 자 선배의 말대로 운이 따라서 혹시 커피 열매가 열린다면. 좋아. 실제로 수확한 커피 열매를 말리고 로스팅까지 무사히 마쳤다 치자고. 그걸 그 커피 머신에 넣는다 해도 내가 원하는 대로 되는 것도 아니야. 나는 라떼나 에스프레소를 원하는 데 줄창 나오는 건 아메리카노일 수도 있다는 뜻이야. 라떼를 원했는데 내려진 아메리카노. 그게 맛이라도 있으면 얼마나 좋을까. 그래봤자 커피머신에서 나오는 아메리카노인 거 아니야? 실망, 실망, 거푸 실망. 아아 생각만 해도 피곤하다. 나는 두 눈을 비비고는 오기를 본다. 오기는 내 말을 듣는 둥 마는 둥 무언가를 생각하는 중이다.

마침내 오기는 말한다. 나는 그런 말을 듣고 싶은 게 아니야. 물어본 것도 아니고. 그리고 팔짱 좀 푸는 게 어때. 오. 그렇네. 나는 어느새 팔짱을 끼고 있다. 슬그머니 팔짱을 푼다. 시쓰기에 대한 오기의 말이 가볍게 느껴져 슬쩍 부아가 났을 수는 있다. 이따금 비슷한 대화를 경험하곤 한다. 나도 시집을 내볼까봐. 나도 서점이나 할까봐. 그렇게 말하는 사람들의 어릴 적 꿈은 시인이거나 서점 주인. 이따금 나는 누군가의 꿈속을 살고 있는 기분이 들 때도 있다. 그들이 꿈으로만 해소했던 일을 나는 실행하고 있다고 말하는 듯해서 기분이 나쁘다. '착각'이 간과하고 있는 현재 나의 처지, 어려움과 괴로움 따위가 깡그리 무시당하는 것만 같다. 조심해야 할 말이라고 생각해.

하지만 분명 지금 나는 오기에게 어떤 결례를 범했다. 그게 무얼까. 나는 잠자코 생각해본다. 그사이 오기는 커피잔을 들고 책상으로 가 종이를 편다. 집에서 깎아온 연필들을 조심스럽게 내려놓고 자신의 손을 내려다보고 있다. 커피를 먹기 전 깨끗한 머그를 물에 씻는 일처럼 오기의 습관. 무언가를 쓰고 싶어하는 것이다. 여전히 무색해진 채로 나는 피식 웃고 만다. 오기라면 자리에 앉아서 시를 한 편, 아니 서너 편 뚝딱 써낼지도 모른다. 그건 오기의 시일 것이며 다른 글에 대해서 그러하듯 오기는 시를 나에게도 그 누구에게도 보여주지 않을 것이며.

미안해. 오기. 부디 원하는 시 쓰길 바라. 언젠가 그 시를 꼭 보고 싶어.

앉은자리에서 오기가 말한다.

정답.

9
월
20
일

인터뷰

"부끄러움은 그리 먼 감정이 아닐 수도 있지 않을까."

오기와의 인터뷰 2

여전히 햇살 좋은 또다른 날
오기 앞에 앉아 생글생글 웃다가
질문을 시작한다.
역시 오기는 고심하는 척
때론 슬퍼하며 장단을 맞춰준다.

오늘은 너의 부끄러운 기억에 대해 듣고 싶은데.

말해질 수 있는 부끄러움은 부끄러움이 아니야. 부끄러움은 결코 말해질 수 없는 거야. 부끄러워서 말할 수 없다는 건 아니야. 물론 그렇기도 하지만, 그보다 부끄러움은, 깊고 컴컴한 상태이기 때문에 표현해낼 수가 없음, 에 가깝다고 봐야겠다. 우리가 말하고-듣는, 쓰고-읽는 부끄러움은 실제적인 부끄러움이 아니야. 부끄러움의 테두리야. 만져지고 힘을 주면 변형되는 외피, 껍데기이지. 난 한 번도 경험해보지 못했지만, 나든 너든 혹은 누구든 부끄러움을 말한다면 그 이야기를 말하는 사람은 물론 듣는 사람들은 모두 얼어붙을 거야. 얼어붙는 동시에 미쳐버릴지도 몰라. 그러므로 암묵적으로 우리는, 부끄러움을 말하지 않기로 한 거야. 너무 단호하게 말해서 미안하지만, 이것만은 양보할 수 없어.

　너는 자주 양보하지 않는걸. (오기는 웃지 않았다.) 자 그럼 이건 어때. 나는 중학교 2학년 때 어머니 지갑에 손을 댔지. 다음날 들켰고 아버지에게 붙들려서 파출소에 간 적이 있어. 이제와 그때를 떠올릴 때에 얼굴을 달아오르게 만드는 이 감정은 무어라 해야 하지.

　부끄러움이지. (오기는 웃지 않았다.) 그게 바로 내가 한 말이야. 잘 생각해봐. 하나. 네가 어머니 지갑에 손을 대고 둘. 아버지에게 붙들려 파출소에 간다. 그 자체는 죄와 처벌이지 부끄러움이 아니야. 부끄러움을 말하기 위한 '스토리'이지. 네가 부끄러움-창피함-수치를 잊지 않게 만들려는 상자 같은 거라고. 부끄러움에 대해 본격적인 논의는

171

19세기 중부 유럽에서 시작되었어. 그때도 부끄러움을 구체적으로 말하기 어려웠기 때문에 꿈-자의식-무의식-욕망 따위로 가려 학제화했지. 그건 결국 이성으로 통제할 수 없다는 것만 확인하는 작업이었다고 해야 할 거야. 네 기억은 꿈-자의식-무의식-욕망 따위의 개념으로 에두른 구체적 경험에 불과해. 그걸 깨면 부끄러움을 만날 수 있겠지. 굳이 그래야 하는지 모르겠지만. 네가 얼어붙고 미쳐버리기를 나는 원하지 않아. 그건 너 자신도 마찬가지일걸. 그러니, 너는 그 앞에서 부끄러움을 확인한 셈 치고 돌아서는 거야. 굳이 문을 열어보지 않고.

나도 몇 가지 떠오르는 게 있어. 네가 듣고 싶은 건 아마도 이런 거 같은데, 나도 어머니 지갑에 손을 댄 적이 있어. 물론 들켰지. 들킨 건 반성할 내용이 아니야. 들킨 이후 모종의 대가를 치렀으니까. 내가 반성해야 할 부분은 어머니는 알지 못하는 부분이지. 그때 당시 나는 우뢰매 로봇 장난감을 가지고 싶었어. 너도 잘 알고 있겠지. 심형래 주연의 영화 〈우뢰매〉. 더 정확히는 우뢰매 장난감에만 들어 있는 포토카드를 원했어. 어머니의 지갑에서 1만 원짜리 한장을 훔쳤어. 돈은 호주머니 깊은 곳에 숨겨놓았지. 바로 실행하지는 못했어. 들킬까봐 두려웠던 거지. 하지만 소유에 대한 열망은 점점 달아올라 견딜 수 없는 지경이 되었고 그러던 어느 날 드디어 기회가 찾아왔어. 어머니가 나를 동네 스케이트장에 두고 시내로 외출을 가셨던 거야. 나는 스케이트를 벗지도 않고 대략 50미터쯤 떨어진 동네 문방구로 갔어. 상상해봐. 콘크리트 길 위를 스케이트를 신고 또각또각 걸어가는 어린이. 그 어린이의 희구. 아이는 문방구에 가서 1만 원을 내고 장난감을 샀지. 그걸 들고 다시 스케이트장으로 돌아갔어. 또각또각또각. 잔뜩 만족한 채. 소유할 수 없는 로봇 모형 장난감과 세상 있지도 않은 존재들의 사진을 들고서. 또각또각또각. 위험하게시리 시멘트 마른 바닥을 외날의 스케이트를 신고 걸어가는 어린아이. 그다음은 뻔하지. 문방구 아주머니가 어머니께 고해바쳤고, 나는 어머니에게 두들겨맞았고. 그런 건 중요하지 않아. 나는 이따금 곤경에 처할 때 내 마음속에 한 어린아이가 스케이트를 신고 휘청휘청 또각또각 걸어가는 걸 느껴. 무섭지. 아주 무섭고 어쩔 줄 모르겠어. 그래서 금방 외면하지. 더 보고 있다간 부끄러움에 보다 가까워질 것만 같아서.

일리 있지만, 부끄러움은 그리 먼 감정이 아닐 수도 있지 않을까. 아니 외려 엄청 가볍고 사소한 것일 수도 있잖아. 예를 들어 제일 친한 친구가 장기자랑을 할 때의 부끄러움 같은 거 말이야. (오기가 크게 웃었다.) 네 말대로 생각했다간 아무도 부끄러움에 대해 말할 수 없을걸. 그렇게 사소한 부끄러움이 사라진 세계를 일컬어 지옥이라 말하는지도 몰라.

순간 네가 장기자랑하는 장면을 떠올렸어. 부끄러워. 네 말이 맞아. 그건 정말로 부끄러움 그 자체야. (오기만 웃었다.) 하지만 부끄러움이란 감정은 필연적으로 용기가 수반되지 않을 때 끄집어내선 안 돼. 장기자랑을 하는 너는 부끄러울 수 있지. 너는 노래를 부를 거고, 그 노래가 얼마나 끔찍하든, 분명 끔찍할 거야, 그럼에도 용기를 내었다는 사실만으로 너는 칭송받아야 해. 하지만 용기는 부가적인 거지. 용기를 얻기 위한 필수적 과제가 부끄러움인 것도 아니고 말이야. 네가 노래하는 모습을 보고 있는 사람들에게는 부끄러움의 자격이 없어. 부끄러움은 오롯하게 그 자신의 것이야. 저 유명한 『인간 실격』의 첫 문장, 오바 요조의 고백을 떠올려봐. 오바 요조의 부끄러움은 오바 요조의 것이어

174

야만 하고 누구에게도 알려질 수가 없지. 말해질 수도 없고 말이야. 그래서 오바 요조는 자신의 잘못을, 못된 생각과 실패를 구구절절 풀어놓는 거지만, 내가 보기에 결국 실패야. 『인간 실격』은 아름다운 실패작이라고 생각해. 자. 그럼, 네가 무대에 올랐을 때 나의 기분은 어떤 단어로 표현해야 할까. 부끄러움이라는 단어는 쓰지 않기로 했으니까 말이야. 실은 나도 모르겠어. 우리가 모색해야 할 게 있다면 바로 '그것'이라고 생각해.

무슨 말인지 알았어. 정확히는, 네가 부끄러운 기억에 대해 말해질 수 없다는 확언으로 부끄러운 기억을 말하고 싶지 않아한다는 사실을 알겠어. 너는 정말 고집쟁이야.

정말 치졸하게 들리겠지만, 너도 만만치 않아.

9

월

21

일

편지

"하여간 오늘도 좋은 하루가 되길 바랍니다."

오기의 답장

　오기입니다. 편지를 받고 조금 놀랐습니다. 그래서 존대를 하고 있어요. 편지라니 갑자기. 기분 좋았습니다. 편지 써주어서 고맙습니다.

　얼마만인지 모르겠습니다. 자랑은 아니지만 군대에서도 편지를 써본 적이 없어요. 보낼 사람은 있었어요. 보낼 마음이 없었지. 보낼 마음이 없으니 받을 마음도 생기지 않더군요. 그리고 보니, 제가 사는 한 방법이네요. 저는 주지 않을 것이며 받으리란 기대도 없습니다. 주지 않을 작정이니 받아도 기쁘지 않고요. 그래도 형의 편지는 좋습니다. 실은 "좋았습니다"라 쓰고 조금 놀랐습니다. 좋을 수 있구나. 편지가. 받는 일이. 눈 이야기나, 철 지난 소설가 이야기나, 뭐 그런 내용이나 적혀 있는데도 말이죠. 물론 농담입니다. 아주 농담은 아니에요. 난데없잖아요. 눈, 소설가, 그런 내용들만 담겨 있는 편지. 엄밀히 말하면 통상의 편지가 아니죠. 그래서 좋았는지도 몰라요. 비록 우리가, 정말 아무렇게나 대화를 나누는 사이이지만 눈으로 변한 비나, 소설 속 은유된 신 얘기는 편지가 아니고서는 절대 공유할 수 없다고 생각해요. 문자로 하겠어요 전화로 하겠어요. 편지가 아니면 버려질 이야기를 형은 구제해주었고 그런 착한 마음은 좋지 않더라도 좋아해주어야 한다고 생각합니다. 일종의 응원이라고 생각해도 좋아요.

그래서 답장을 써야겠다고 생각했어요. 오늘 오전, 나의 중요한 사업에 대한 이야기는 편지로밖에 전할 수 없으니까요. 이 이야기는 우편함으로부터 시작합니다. 우편함. 어릴 적엔 좋아하던 사물입니다. 그때는 주는 게 뭔지도 모르면서 받는 기쁨을 바라던 하찮은 마음의 소유자였죠. 어린 오기는 우편함을 보면서 늘 기대했습니다. 어디선가 날아들 소식이 있을지도 모른다고 믿었던 거죠. 실제로 편지를 받아본 적도 있습니다만, 그건 몹시 드문 일이었어요. 기억나는 우편물이 있어요. 어릴 적 단골 삼아 다니던 순천향안

경원(그때는 다들 안경가게를 안경원이라 불렀습니다. 그렇죠?) 사장님이 연말마다 보내주던 연하장입니다. 그는 할아버지였고 다정하면서도 엄숙한 글씨체를 가지고 있었어요. 서너 줄 짧은 메시지를 직접 적은 순천향 할아버지 연하장은 초등학교를 졸업할 즈음 끊겼어요. 할아버지는 오래전 돌아가셨고 안경원도 이제는 없는데 여전히 저는 연말이면 연하장을 기다리곤 합니다. 그럴 뿐 아니라 확신까지 하고 있어서 불쑥 연하장이 날아들어도 나는 아마 놀라지 않을 거예요.

물론 지금도 우편함을 보면 설렙니다. 이건 아마 조건반사적 습관일 거예요. 거기에 꽂히는 우편물은 광고 전단지거나 공과금 통지서 같은 것들뿐인 지 오래이니까요. 하지만 월요일 아침엔 얘기가 다른데, 시사 주간지가 오는 날이기 때문입니다. 저는 주간지가 오는 것을 정말 기다립니다. 형은 뜻밖이다 싶을 거예요. 오기가 시사에 관심이 있단 말인가, 하겠죠. 물론 아예 관심 없는 건 아니에요. 누군가 어떤 이야기를 했을 때 적당히 알은체하는 데에 더 관심이 있기는 하지만요. 일간지는 부담스럽고 텔레비전은 없으니까 그러면 주간지, 하고 결정을 하는 데에는 그리 오래 걸리지 않았습니다. 그렇게 벌써 5년 넘게 주간지를 보고 있네요. 실은 끊지 못해 보고 있는 셈이긴 합니다. 작정하고 정기 구독을 그만두려 하면 주간지 영업사원으로부터 전화가 오는데, 어찌나 능수능란하고 요령이 있는지, 어느새 연장을 해버리곤 합니다. 생각난 김에 버리지 못한 주간지 몇 개를 폐휴지통에 넣고 왔어요. 이제 밤이 되면 제법 선선하네요.

　그럼에도 주간지를 기다리는 까닭은, 몹시 비밀스럽고 사소합니다. 그야말로 편지의 소재로 적당하죠. 저는, 주간지가 담긴 비닐봉투에 붙은 주소 라벨지 떼기를 사랑합니다. 우리집 주소와 내 이름이 적혀 있는 하얀 주소 라벨지는 어쩐 일인지 친환경 소재로 만들었다는 비닐봉투(물론 저는 그 말을 믿지 않습니다. 친환경 소재로 만든 비닐봉투라니 이 무슨 드래곤 실존설 같은 소린가요)에 몹시 아슬아슬할 만큼의 강도로 붙어 있거든요. 그것을 떼는 데에는 요령이 필요합니다. 아주 잘 떼면 그야말로 흔적도 남기지 않고 말끔하게 떨어지지요. 물론 쉬운 일이 아닙니다. 조금만 방심하면 보기 싫게 뜯긴 자국을(이것을 일컫는 명사가 세계 어딘가에는 분명히 있을 거예요) 남기고 말지요. 기회는 총 네 번입니다. 짐작하는 대로 네 개의 귀퉁이가 그것이에요. 월요일 아침 우편함에서 주간지가 담긴 봉투를 들고 집으로 돌아오면 그것을 책상 위에 올려놓고 일단 저는 손을 깨끗하게 씻어요. 의식이 아니에요. 손 근육을 풀어주는 행위입니다. 손 관절이 말랑말랑해지면 저는 길흉을 확인하는 점쟁이처럼 조심스럽게 왼쪽 상단 귀퉁이부터 살피기 시작해 시계 방향으로 차근차근 작업해나갑니다. 오늘은 월요일. 오전 우편함에는 주간지 비닐봉투. 이번주 나의 라벨지 떼기는 무척이나 성공적이었습니다. 당장 들고 뛰어나가 만나게 되는 사람마다 자랑을 하고 싶을 만큼 흔적도 없이 떼어냈지요. 하하 몹시 변태 같군요.

알아주셔야 할 게 있어요. 형. 이런 얘기는 누구에게도 한 적 없어요. 저는 그야말로 수년 만에 편지를 쓰는 중이고 이런 얘기는 편지가 아니고서는 결코 발설할 수 없는 내용이지 않습니까.

이런 집착은 누구에게나 있다고 생각합니다. 집착인 동

시에 놀라움이라고 해도 좋습니다. 아무도 놀라지 않을 때 혼자 가만히 놀라게 되는 장면을 형도 가지고 있지 않은가 요. 그리고 그런 일은 세계를 무한히 확장하고 세계의 확장 은 우연과 우연의 중복을 가능케 하곤 하지요. 그러니까 우 주는 너무 넓어서 무슨 일이든 일어날 수 있는 것입니다. 우 리는 우주의 무한함을 이미 잘 알고 있지요. 그래서 놀라지 않을 뿐입니다. 가령 형에게 오늘 있었던 일들을 떠올려보 세요. 형의 한 걸음 한 걸음을 기적 외에 다르게 표현할 수 있을는지요. 형은 결코 넘어지지 않고(아마 그럴 거예요) 무 사히 걸어 서점까지 왔습니다. 형의 한 걸음과 한 걸음 사이 에는 어떤 논리적 전개가 없는데도요. 물론 거기에는 도착 에 가까운 집착이 있는 거지요. 그렇게 되고 말리라 하는. 형의 몸은 그래서 성큼성큼 앞으로 나아갈 수 있는 게 아닐 까요. 물론 형은 의도적으로 혹은 의도치 않게 넘어질 수도 있습니다. 라벨지가 잘 떨어지거나 떨어지지 않거나 하는 것처럼 말이지요. 아닌 게 아니라 나는 라벨지를 뗄 때 혹시 이것이 라벨을 붙이는 누군가의 의도가 아닌가 의심하기도 합니다. 제게로 주간지를 보내는 담당자는 누군가 자신의 의도를 간파하여 가볍게 라벨지를 떼어내기를 기대하며 수

년간 라벨지를 붙이고 있는지도 모릅니다. 물론 그는 신이 거나, 그와 유사한 존재겠지요. 그러니까 일종의 은유라는 말입니다.

적어놓고 보니 속이 다 후련합니다. 어쩌면 형. 형의 편지를 받고 그토록 기쁘고 좋았던 까닭은 드디어 내가 이 이야기를 누군가에게 전할 수 있게 되었기 때문일지도 모르겠습니다. 오기는 참으로 이기적인 사람이군. 형이 그렇게 생각한다면 어쩔 수 없지요. 그렇더라도 저의 기쁨과 좋음은 결코 가시지 않을 것입니다. 자. 저는 다 적었습니다. 이만하면 충분히 후련합니다. 이 편지를 형이 받아볼 수 있을지 모르겠습니다. 하여간 오늘도 좋은 하루가 되길 바랍니다.

_____

9

월

22

일

_____

에세이

"달은 있어. 보이지 않아도 예쁜 달일 거야."

오기와 밤에 걷기

오기는 차가운 500cc 잔을 노려보고 있었다. 갓 나온 안주는 오징어볶음에 소면인데, 오기는 안주를 쳐다도 보지 않았다. 충동에 가까운 합의로 버스에서 내렸다. 매번 지나며 눈여겨보던 가게다. 허름한 외관이 매력인 호프집. 예스런 간판에 궁금했었다. 막상 들어서니 평범하다. 너무 평범해서 실망스럽기까지 하다. 그렇다고 도로 나설 용기는 나나 오기에겐 없어서 아무 테이블이나 자리를 잡고 앉은 참이다. 먼저 맥주가 나오고 얼마 지나지 않아 안주가 나오고, 우리는 둘 다 술에 있어선 약자다. 그래도 시원하니까. 아직 한낮엔 땀이 나고 퇴근길에 맥주 한잔만한 선물이 어딨나 호기를 부리며 이따금 맥주를 마시는 정도는 할 수 있으니까. 여태 위염이 낫지 않은 내가 반잔쯤 비울 때까지 오기는 맥주잔만 노려볼 뿐이다.

주량이라는 개념을 모르겠어. 마침내 한 모금 마신 오기가 중얼거린다. 필름 끊긴 적 있어? 나는 잠시 생각해본다. 없는데. 필름이 끊긴 적은 없고, 취해 잠든 적은 많다. 누가 깨우면 멀쩡하게 일어나 집으로 갔지. 집에는 잊지 않고 갔어. 그러곤 사당역 부근 한 건물 앞에 쪼그려앉아 깊이 잠들었던 기억을 떠올린다. 직장 동료의 퇴사 기념 회식에 참석했다가 지나치게 취해버렸었다. 택시를 탔다가 역함을 견디지 못하고 내렸지. 그러곤 그대로 잠들었다. 깨어보니 동틀 무렵. 잃어버린 물건 하나 없이 귀가했으니 정말 다행이지 뭐야. 나도 마찬가지야. 대체 기억이 나지 않을 만큼 마신다는 게 뭐지. 대체 어떻게 마시면 그렇게 되는 거야. 그러니까, 한계를 뛰어넘는다는 거잖아. 그런 의미에선 존경스럽고.

나는 되도록 소면만 집으려 애를 쓰면서 예전에 들었던 이야기를 떠올린다. 일종의 로망 같은 거다. 대학생 때 들은 얘긴데, 나랑 같은 학번에 나보다 열 살 많은 형이 하나 있었거든. 그 형이 친구랑 소주 한 짝을 들고 여관에 들어갔대. 그 한 짝을 다 마시는 동안 있는 얘기 없는 얘기 다 털어

놓고 엉엉 울고 깔깔 웃다가 푹 자고 나왔다는 거야. 오기가
내 몫의 앞접시에 오징어 다리를 놓아준다. 그게 왜 로망이
야. 별 다섯 개짜리 마초 무용담인데. 나는 오징어 안 좋아
하는데. 그 말은 꾹 삼키고, 글쎄. 그냥 그 형이 좋았나봐.
시도 잘 쓰고 아는 것도 많은 사람이었어. 언젠가 그 형에게
기습 키스를 당한 적도 있는데, 지금 생각하면 성추행이지
만 그땐 그런 짓도 근사해 보였어. 시인 같았고. 오기가 웃
는다.

막상 한 잔을 비우고 나니 다음 잔이 아쉽다. 술은 이게
문제야. 내가 입맛을 다시자 오기가 자른다. 무슨 말이야.
네가 문제지. 내가 보기에 너는 모든 중독에 취약한 성향이
야. 어쩌면 너의 몸이 약한 걸 천운으로 여겨야 할지도 몰
라. 내친김에, 담배를 끊어보는 게 어때. 담배에 있어서는
늘 할말이 부족하다. 더 길어져야 나만 손해이므로 그만 일
어나자 한다. 가던 길 가자. 길 끝에 있는 집으로 돌아가자.
소면만 사라진 오징어볶음과 반이나 남은 맥주잔 하나. 술
집 사장님 입장에선 어처구니없는 손님일 거야. 테이블 회
전은 잘될수록 좋겠지. 분명한 건 나와 오기가 술집을 차릴

일 따윈 없을 거라는 사실. 사람 일은 모르는 거야. 좋은 일만 하고 살 순 없으니까. 그런데 오기. 너 담배 피운 적 없니. 끊은 거지. 언제 끊었어. 몰래 피우는 거 아니야. 술값은 내가 내었다. 그게 옳아. 나는 거의 마시지 않았잖아. 하지만 오기, 취한 건 너인데. 아니, 나 취하지 않았어. 술값은 소면 킬러, 네가 내는 게 맞아.

나는 느리게 걸을 거야. 아주 천천히. 한 정거장만 걸을까, 하고 물었던 건데 엉뚱한 대답이다. 나는 요즘 길거리가 무서워. 사람들 모두 사납게 걷는다는 기분이 들어. 앞만 보고 앞으로 앞으로 앞을 빼앗기지 않기 위해서, 비켜주지도 않잖아. 길을 걷다 조금만 딴생각을 하면 부닥치거나 그럴 뻔하게 된다고 오기는 불만이다. 그러게 걷는데 왜 딴생각을 해. 물론 오기는 나의 핀잔에 관심이 없다. 딴생각을 하며 걷는 건 중요해. 왜냐면, 오기는 문 닫힌 빵집 앞에서 걸음을 멈춘다. 킁킁대며 냄새를 맡는다. 식은 빵 냄새가 난다고 되도 않는 주장을 한다. 너의 서점에선 식은 책 냄새가 나. 식지 않은 책 냄새는 뭔데. 인쇄소에 가봤어? 물론 가봤다. 이래 봬도 전직 편집자다. 얼추 10년 경력의 편집자. 물론 능력은 없었다. 오기는 내가 (실력 없는) 편집자였다는 사실을 모르는 모양이다. 말해준 적 없으니, 갸웃대는 사이. 인쇄소에 가면 알 수 있는 더운 책 냄새. 굉장히 커다랗게 더운 책 냄새가 나. 평소보다 살짝 들떠 있는 오기는 분명 취했다. 겨우 맥주 두어 모금에. 우리 아버지가 인쇄소를 했다고 얘기해줬지. 나는 가만히 고개를 가로저었다. 충무로에서. 충무로에서 조금 비껴난 충무로에서. 제본기도 없이, 인근 상가에서 주문하는 달력이나 전단지 같은 것을 찍어내는 아주 작은 인쇄소였어. 나는 그곳을 몹시 사랑했었나봐. 그때는 싫었지만. 휴일이 되면 가서 일을 도와야 했으니까. 사람의 감정은 즉각적이지만은 않아. 아주 천천히, 여러 기억의 장면들이 합쳐진 다음 그제야 모습이 드러나기도 하지. 오기는 천천한 걸음으로 빵집 앞을 떠나 걷는다. 나는 취한 오기를 뒤따른다. 구둣가게, 편의점, 365 ATM 기계. 문을 닫았거나 형형한 불빛을 내비치는 상점들의 거리를 우리는 느리고 느리게 나아간다. 아무렇게나. 쏘다니는 형식으로.

이미 흰 정거장은 지났다. 두 정거장으로 가는 길이다. 나와 오기는 횡단보도 앞에서 신호를 기다리고 있다. 그날 인쇄기에선 시가 출력되고 있었어. 누구의 시인지는 몰라. 구멍가게 수준의 인쇄소에 일을 맡겼으니, 유명 시인은 아니었겠지. 혹독할 만큼 이름 없던 시인이었던 게 분명해. 나는 몰래 그중 한 편의 시를 훔쳐봤지. 제목이 「광화문 앞에서」였어. 제목만큼 슬픈 시였지. 아직도 기억하는 구절이 있어. "그것은 내가 찾는 조각이 아니었다". 혹시 누구 시인지 알아? 나는 두 손을 주머니에 찌른 채 어깨를 으쓱해 보이고는, 조금 질투를 했던 것 같다. 오기는 내 시에 대해서라면 한마디도 해본 적 없다. 말해주기를 기대했던 건 아니다. 그런 차원의 이야기는 아니다. 그에 대해서 설명하자면 복잡해진다. 그래서 나는 잠자코 있었다. 아무리 생각해도 근사한 기억이야. 엄청나도록 커다랗게 더운 냄새가 나는 시. 아버지는 그 시 뭉텅이를 척척 쌓아서 수레에 담아 제본소로 갔지. 내가 언젠가 시를 쓴다면 그 기억을 완성할 거야. 그 구절을 넣어서 말이야. 그 구절을 기억하는 사람은 나뿐이니까 말이야. 파란불. 오기가 먼저 걸어간다. 흰색 칸만 골라 밟으며 성큼성큼. 그러느라 잠시 말을 잊었다가 몸을 돌려서 나를 본다. 네게도 부탁할 수 없는 일이야. 물론 나 역시 그 부탁을 들어줄 생각은 없었다. "그것은 내가 찾는 조각이 아니었다"라니 너무 후지잖아.

상점들의 거리가 끝나고 잠든 밤의 거리가 이어진다. 인적이 짧아졌다. 요란하게 이어지던 차량들의 행렬도 슬그머니 드문해졌다. 두어 대 차량이 굉음을 내며 나와 오기의 곁을 지나쳐 저 앞으로 내달린다. 오기의 취기는 어느덧 가라앉은 모양이다. 나는 피곤하고 다음 정거장까지는 한참 걸어야 한다. 나는 그리고 오기는 침묵한다. 침묵에 빠져 각자의 「광화문 앞에서」를 생각하고 있다. 오기의 생각을 나는 알 수 없다. 나는 광화문 앞에서 찾던 조각은 대체 무엇이었을까 궁금해하고 있다. 내가 궁금해하고 있다는 사실을 오기에게는 들키고 싶지 않다. 오기가 의기양양해질 것만 같아서, 그게 싫다. 나도 모르게 몇 번 고개를 젓고 오기에게, 나는 더이상 책 냄새를 맡을 수 없게 되었다고 고백한다. 언젠가부터 서점에서 책 냄새가 나질 않아. 그것이 뜨거운 책 냄새이든 다 식어버린 책 냄새이든 생활이 되어버렸나봐. 그러려고 했던 건 아닌데 조금 슬퍼진다. 서짐 문을 열고 들어오는 사람들이, 책 냄새가 좋다고 말할 때 나는 나도 모르게 깊게 숨을 들이마셔본다. 내가 잃어버린 감각을 다른 이들은 여전히 느끼고 있다는 사실은 썩 기분 좋은 게 아니다. 정직하게는 기분이 나쁘다. 어째서 생활이 되어버린 것일까. 이 가망 없는 일에 아등바등 매달리는 이유도 실은, 좋아서나 책임감을 갖고 있어서가 아니다. 그저…… 생활이다. 이성복의 시집도 김혜순의 시집도 내게는 생활이다. 생활은 고되고 어렵다. 어렵고 지리멸렬하다. 나는 자주 책 냄새를 맡을 수 있는 것처럼 행동하고 생각한다. 그것은 슬퍼지고 싶지 않기 때문이다. 괴롭고 싶지도 않다. 그러곤 나는 진탕 술을 마시고 난 다음날에나 찾아오는 깊은 우울에 빠져들었다. 우리는 여전히 천천히 걷고 있으며, 우리가 타야 할 버스가 우리를 지나쳐 저 멀리 보이는 버스정류장에 정차하는 게 보인다. 피곤하다. 무지막지한 피곤이 몰려온다. 어서 집으로 가서 침대에 몸을 누이고 싶다. 슬쩍 오기의 얼굴을 본다. 불그스름하던 오기의 얼굴이 백지처럼 하얗게 떠 있다. 나빠 보이진 않는다. 오기는 원하는 만큼 딴생각에 빠져서 앞으로 옆으로 그야말로 내키는 대로 느리고 느리게 걸음을 옮기고 있기 때문이다. 이봐. 저 달 좀 봐. 그러나 어디에도 달은 보이지 않았다. 어디. 내가 묻자, 어디든 있겠지. 달이 없겠어. 달은 있어. 보이지 않아도 예쁜 달일 거야. 오기가 그랬다.

9

월

23

일

시

"어떤 사건이 있은 뒤 도착하려는 어떤 사건을 기다리면서"

대화

파랑은 열 살 남짓한 소년으로, 정확한 나이는 모른다. 파랑이 태어난 해는 어떤 사건이 있은 지 백년이 지난 어느 해. 큰 사건과 작은 사건. 역사적인 사건과 사사로운 사건. 사건과 사건에는 아름다운 가교가 설치되어 있고 사람들은 그사이를 오가면서 살아간다.

소년 파랑이 나를 찾아온 것은 어떤 사건이 있은 지 백년이 지난 어느 날. 우리는 다정하게 또하나의 가교를 지나게 되었다. 소년 파랑은 내게 카드 마술을 보여주었다. 카드는 나타났다 사라지고 다시 나타났다. 나는 어느새 이렇게 자랐나 무릎에 오던 아기가 허리춤을 지나 이제는 어깨에 닿는구나 아찔해졌고 소년 파랑의 부모는 나의 친구들이고 어떤 사건이 있은 지 백년 뒤에 파랑을 낳은 그들은 다정히 웃었다. 그들의 얼굴에선 해골이 보였다. 그것은 아주 놀랄 만한 일은 아니었다. 나는 이따금 사람의 얼굴에서 해골을 본다. 버스에서 식당에서 길을 걷다가도. 기분 나쁜 것은 아니다. 해골은 언제나 웃는 모양이기 때문이다. 내가 궁금한 것은 언젠가 소년 파랑도 내 얼굴에서 해골을 볼 것인가 하는 것. 순간 소년 파랑은 나를 골똘하게 바라보았고 그러나 아무 말도 하지 않았다. 이내 소년 파랑은 마술을 이어나갔고 준비한 마술을 모두 보여주자 별말 없이 책을 집어들어 읽기 시작했다. 이 모든 일은 어떤 사건이 있은 지 백 년이 지난 후에 벌어졌으며 그러고 나서는 창밖이 깜깜해졌다.

집으로 돌아간 소년 파랑은 문제집을 풀고 있을 것이다. 제 아비인 내 친구가 문제집을 두 권 사 가지고 갔기 때문이다. 나는 버스정류장에 서 있다. 어떤 사건이 있은 뒤 도착하려는 어떤 사건을 기다리면서 나는 가교와 해골 두 사이를 붙여보려고 애써보고 있다.

9

월

24

일

에세이

"그런데 오기 너 오늘 왜 이렇게 기분이 좋아."

텔레비전 이야기

텔레비전 이야기는 백반집에서 시작되었다. 나는 된장찌개, 오기는 오징어볶음. 주방엔 활기찬 기색의 두 사람이 왁자지껄 떠들면서 즐겁게 일하고 있었다. 오기는 식당 벽에 붙어 있는 텔레비전에서 눈을 떼지 못했다. 밥 먹으면서 봐. 아이도 아니고. 나의 핀잔에도 아랑곳하지 않았다. 새삼 궁금하다. 이런 사이는 무엇에 비유해야 할까. 콩쥐와 팥쥐. 톰과 제리. 시어미와 며느리. 벨과 세바스찬. 마리오와 쿠파. 그 어느 것에도 해당되지 않기 때문이다. 서사 속 대립처럼 나와 오기는 극적인 관계를 갖진 않는다. 텔레비전 속 치타는 벌써 네 마리째 얼룩말을 놓치고 불쌍한 표정을 짓고 있다. 나는 오기 몫의 그릇에서 오징어 다리를 집어 먹는다. 그런데도 오기는 아랑곳하지 않는다. 좀 달다. 그치. 오기는 슬쩍 주방 쪽을 보고 고개를 끄덕여준다. 마침

내 치타는 어린 얼룩말 한 마리를 사냥하는 데에 성공하고, 깜짝 놀란 오기는 미간을 살짝 찌푸린다. 주방에서 나온 직원이 앞치마에 젖은 손을 쓱스윽 닦으며 채널을 바꾼다. 정장 차림의 정치 평론가가 심각한 얼굴로 우스꽝스러운 논평을 하고 있다. 오기의 텔레비전 시청은 그것으로 끝났다.

문밖은 텔레비전 속 아프리카처럼 명백한 저녁이며 곧 어두워질 채비를 하고 있었다. 해가 부쩍 짧아졌네. 이제 슬슬 만화를 볼 시간인가. 오기는 내게 윙크를 한다. 아닐 걸. 만화는 몇시에 했지. 다섯시. 저녁 먹기 전이었어. 무슨 소리야. 저녁을 먹고 난 다음 보는 게 만화지. 저녁은 몇시에 먹는데. 저녁은 여섯시지. 우리는 〈봉숭아학당〉의 캐릭터 둘처럼 대화를 이어가며 식당을 나선다. 저녁은 오기가 계산했다. 몇 매 되지 않는 원고를 쓰고 제법 두툼하게 받았다고 한턱 쏜다는 게 고작 백반집. 가장 좋아했던 만화가 뭐야. 오기가 묻는다. 나는 잠시 생각해본다. 아마 〈모래요정 바람돌이〉가 아니었을까. 신기루 소원. 하루해가 저물면 모든 게 원위치로 돌아가는 하찮은 마법. 그럴 리가 〈우주보안관 장고〉를 잊었단 말이야? 오기는 어처구니없어한다. 말이 벌떡 일어나 바주카포를 쏘는 상상력이 재밌었단 말이야? 유치하군 오기. 문득 사촌동생 S가 들려줬던 웃기지만 슬픈 얘기가 떠오른다. 경기도와 서울 인접 지역, 소위 변두리에 살았던 S의 초등학교에는 경기도에 사는 친구가 있었단 말이지. 당시 〈우주보안관 장고〉는 SBS 송출 만화였는데, 당시만 해도 SBS는 서울에서만 볼 수 있는 방송이었잖아. 그래서, S반 다른 아이들은 모두 〈우주보안관 장고〉에 대해 떠들 때, 경기도에 사는 친구만 〈개구쟁이 스머프〉 이야기를 했다는 거야. 혼자서만 스머프를 봐야 했던 아이. 역시 웃기다. 그리고 슬프다. 오기도 동의했다. 어린 아이에게는 너무 가혹한 이야기야. 그래서, 〈모래요정 바람돌이〉의 에피소드 중 기억나는 게 있어? 물론 있지. 또렷하진 않지만. 어떤 소년이, 그 소년은 주인공 일행이 아닌데, 어쩌다가 바람돌이가 카피카피룸룸, 마법의 주문으로 만들어낸 모두를 잠들게 하는 오르골을 손에 넣지. 그걸 가지고 온갖 나쁜 짓을 하고 다니고 주인공 일행들은 마법의 오르골을 되찾기 위해 동분서주한다는 이야기. 실은 단 한 장면만 기억나. 소년이 비싼 음식점에 가서 비싼 음식을 주문하고 오르골을 켠단 말이야. 그래서 모두가 잠들어버리고 소

년은 돈을 내지 않고 유유히 자리를 떠나. 그중 제대로 기억
하는 건 귀를 막은 소년이 느긋하게 썰어 먹는 스테이크 그
림이야. 그게 얼마나 맛있어 보이던지 말이야. 오기가, 웃
는다. 오랜만에 보는 웃음이다. 맞아. 만화 속 음식은 정말
맛나 보이지. 양끝으로 튀어나온 올록볼록한 뼈에 뭉쳐 있
는 고기, 너도 알지? 어른이 되면 그런 걸 먹을 수 있을 줄
알았다니까. 그나저나 오기 너는, 보안관 장고에 대해 기억
나는 거 있어? 그럼. 장고는 인디언이었어. 보안관 인디언.
얼마나 멋있니.

　　사실 내가 정말 좋아했던 만화는 〈매칸더 브이〉였는지도
모른다. 원자력 에너지의 힘으로 악당 로봇들을 무찌르는.
오 분 내로 해치우지 못하면 위성에서 발사된 미사일이 시
한부 로봇 매칸더를 부숴버린다는 아슬아슬함이 손에 땀을
쥐게 했지만, 그것보다 내가 그 만화를 좋아했던 이유는, 아
버지가 매칸더 브이 '로보트' 장난감을 사주었기 때문이다.
아버지가 아직 아빠이던 시절, 그날은 아카시가 잔뜩 피었
던 일요일이었고 그중에도 이른 아침이었고 나랑 동생이랑
아버지는 함께 뒷산을 올랐다. 얼마간의 산책이었을까. 우

리는 아카시꽃을 가지고 온갖 장난을 쳤다. 아버지는 무엇 때문에 기분이 좋았을까. 특정할 수 없는 시기. 그러므로 추측도 할 수 없다. 아버지는 마침 일찍 문을 연 동네 문방구에 들러 내게 매칸더 브이 '로보트' 장난감을 선물해주었지. 이 기억에는 도저히 서술할 수 없는 뉘앙스가, 빛의 색이기도 하고 공기의 냄새이기도 한 특별한 기운이 어리어 있다. 나는 이 이야기를 오기한테 해주려고 했지만 결국 말해주지 못했다. 어쩐지 오기라면 공감해줄 수 있을 듯한 기억이지만 그저 혼자 간직하고 싶었다. 세상엔 그런 기억도 있다.

그런 비밀이 만들어지고 있는 동안, 오기는 유독 수다스러워져서 자신이 어릴 적 봤던 티브이 속 온갖 장면들을 연대기순으로 떠올리고 있었다. 1988년 서울올림픽 개막식 때 봉화대에 앉아 있던 비둘기들, 핵주먹 마이크 타이슨이 덩치 커다란 백인 복서를 시작과 동시에 케이오시킬 때의 놀라움, 서태지와 아이들의 첫 무대를 시청했다는 자랑스러움. 또 뭐가 있더라. 참으로 시시콜콜하며 단편적인 기억의 조각들을 이어붙여 커다란 조각보를 만들어가고 있는 오기. 기억이란 그처럼 낱낱의 일관성일지도 모른다. 죽음이란 그런 기억을 덮고 가만히 잠에 드는 일일지도. 이제는 집에 텔레비전이 없어. 오기는 슬퍼한다. 채널이 너무 많아서 보고 싶은 마음이 들지 않는다 한다. 채널이 많아서 싫을 건 뭐야. 채널이 너무 많으면 이야기가 안 되잖아. 어젯밤 다 같이 본 프로그램, 그런 게 없으니까. 그렇군. 그러고 보니, 우르르 모여서 다 함께 본 어제 저녁 뉴스, 드라마 얘기 그런 대화를 한 게 언제인지 기억에 없다. 물론 요즘도 그런 대화는 있겠지만 예전처럼 절대적이진 않지. 텔레비전이 없어져서 이제는 저녁이 너무 짧아. 바보상자 앞에서 다 같이 놀라거나 웃을 일이 없잖아. 그래도 오늘 백반집에선 좋았지. 함께 치타를 봤으니까. 치타는 생각보다 가여운 동물이더라. 나는 고개를 끄덕여 맞장구를 친다. 적어도 그 치타는 정말 불쌍했어. 하지만 마지막 사냥도 실패했다면 좋았을 텐데. 그런가. 그렇지. 우리는 각자의 주머니에 손을 꽂은 채 잠시 별말이 없다. 아프리카의 저녁과 굶주린 치타와 건강하게 내달리는 어린 얼룩말을 생각하느라. 그런데 오기 너 오늘 왜 이렇게 기분이 좋아. 글쎄. 오기는 잠시 생각하다가, 깨끗한 바람이 불어서 그런가. 아닌 게 아니라,

아래로 쭉 뻗은 도로를 거슬러 제법 시원한 바람이 불어왔다. 나와 오기는 바람을 거슬러 도로를 따라 내려갔다. 내려가면서 나는 오늘 저녁의 뉘앙스, 빛의 색이기도 하고 공기의 냄새이기도 한 이 미묘하고 특별한 기운 또한 비밀 중 하나로 삼기로 했다. 오기는 곁에 있으니, 오기가 아닌 세상 모든 사람으로부터의 비밀.

9

월

25

일

에세이

"그러나, 이런 이야기가 다 무슨 소용이란 말인가."

오기만 아는 이야기

이모가 돌아가셨다. 어머니와 닮았던 이모. 웃는 모습이 유독 닮았던 이모. 이모는 오래 앓았다. 오래 아프다는 건 어떤 느낌일까. 기차에서 생각했다. 대구. 이모는 대구에서 돌아가셨다. 병원에 있다가 더는 희망이 없다고 해서 집으로 돌아갔고 집에서 명을 달리하셨다 들었다. 이모는 쭉 서울에 살았다. 그리고 대구로 이사를 갔다. 대구에는 연고가 없다고 알고 있다. 연고緣故. 오래된 연. 오래전의 연. 외할아버지와 외할머니는 경상도 출신이고 그렇다면 이모의 연고가 아주 없는 건 아니다. 대구의 바람. 대구의 흙. 대구의 햇빛. 대구의 물. 그런 것들이 이모의 말년 어떤 부분을 지탱해주었을 거라고 믿고 싶다.

물론, 나는 이모의 삶에 대해 아는 것이 거의 없다. 아는 것이 없고 궁금하지 않다. 궁금하지 않다는 것은 방금 깨달았다. 동대구행 KTX-산천 9호차 11A석에 앉아서, 아직 멈추어 있는 창밖을 살피면서, 급히 오가는 사람들의 머리꼭지를 보면서 나는 나의 이모에 대해 조금도 궁금하지 않다는 사실을, 그러면서도 마음 깊숙한 저쪽에 무언가 가물거리며 흔들리고 있다는 사실을 느릿느릿 알아차리고 있다. 모든 삶에는 가치가 있고 모든 죽음은 애도할 만하다. 이모에 대한, 나의 알고 싶지 않음은 이모의 죽음에 대한, 애도와 무관하다. 그럼에도 자연히 알게 되는 것이 있다. 이모는 가여운 삶을 살았다. 참으로 가여웠다.

기차가 움직이기 시작한다. 입고 있는 정장을 확인한다. 구겨진 곳이 없는지. 1년에 한 번쯤 꺼내 입는 옷이다. 1년에 한 번은 꼭 꺼내 입는 옷이다. 살이 좀 붙었는지 조금 불편하다. 그뿐이다. 기차에 앉을 때까지 어쩔 수 없이 구겨진 곳은 있겠으나 흠으로 보일 곳은 하나 없다. 단추도 잘 달려 있다. 셔츠와 정장을 다리면서 많은 생각을 했다. 어떤 생각은 이모와 상관이 있었고 어떤 생각은 이모와 무관했다. 이모와 관계된 생각 속에서 이모는 웃고 있었다. 개

연 없이 자꾸 웃어서 조금 신경질이 났다. 어째서 신경질이 나는지 모르는 채, 나는 셔츠와 정장을 태워먹지 않으려고 애를 먹었다. 마지막으로 구두를 살핀다. 구두의 밑창 앞부분이 살짝 뜯겨 있다. 신경쓰이지만 아무도 모를 것이다. 다녀오면 수선을 맡겨야지. 어쩌면 버려야 할지도 모른다. 10년이나 신은 신발이다. 평소에는 신지 않는다. 장례식에 갈 때나. 지금처럼. 그래도 10년은 10년이다. 가죽이야 튼튼하니 문제없을 테지만 밑창은 삭았으리라. 기차의 속도가 빨라진다. 구두는 구두에게 맡기고 그만 눈을 감는다.

누가 툭 건드려 눈을 뜬다. 동생이 옆에 앉아 있다. 같은 시간 열차를 예매한 것은 알았지만 같은 차량인 줄은 몰랐다. 너로구나. 그리고 한번 숨을 삼킨다. 어머니는. 동생은 턱으로 앞을 가리킨다. 익숙한 뒷모습이다. 어머니는 뒤를 돌아보지 않는다. 나는 어머니를 부르지 않는다. 어머니의 뒤통수를 가만히 본다. 수척해진 뒤통수. 거기 형제를 잃은 사람의 고요함이 있다. 죽음을 닮았다. 죽음을 닮았구나. 나는 어머니의 웃음을 보고 싶다는 생각을 하면서 다시 눈을 감는다.

이모는 전단지 뭉치를 안고 있다. 그녀 앞에는 우편함들이 끝없이 도열해 있다. 이모. 나는 이모를 부르지만, 이모는 대답하지 않는다. 나를 보지도 않는다. 이모는 웃고 있지 않다. 이모의 얼굴에는 두려움이 어려 있다. 아마 저 전단지를 모조리 우편함에 넣어야 하는 모양이다. 나는 이모를 돕고 싶은데 손이 없다. 발도 없다. 그러고 보니 입도 귀도 없는 것 같다. 내게는 이모를 도울 방법이 없다. 맞아. 이모는 전단지를 돌렸다고 했다. 내가 이모에 대해 알고 있는 거의 유일한 사실이다. 이모는 살림이 어려워서 수많은 전단지를 수많은 우편함에 넣는다. 나는 이해하지 못한다. 어려운 살림과 전단지를 우체통에 넣는 일이 어째서 유관하단 말인지. 그것은 조금도 당연하지 않다. 당연하지 않으므로 나는 이모를 말리고 싶다. 이모는 우편함에 한 장씩 전단지를 넣기 시작한다. 우편함들이 전단지를 문다. 물고 씹기 시작한다. 전단지 구겨진다. 구겨지는 생활. 구겨지는 살림. 구겨지는 마음. 이모는 점점 더 빨리 전단지를 넣는다. 우편함 중 하나가 이모의 손을 문다. 입이 없는 나는 비명을 지르지만 비명을 지르지 못한다. 이모의 팔을 이모의 몸을 결국에는 이모를 삼킨다. 귀가 없는 나는 이모의 비명을 듣지만 이모의 비명을 듣지 못한다. 이모는 사라졌다. 우편함 앞에는 흩어진 전단지들. 누가 그것을 줍는다. 나는 아니다. 깊은 암전.

눈을 뜬다. 당장 어머니의 뒤통수가 보인다. 어린 개가 어미 개의 젖을 찾듯 나는 어머니의 모습부터 찾았는지도 모른다. 문득 죽음이, 모르는 죽음이 아는 죽음으로 찾아왔음을 깨닫는다. 모든 것이 두려움으로 치환된다. 내가 가장 두려워하는 죽음. 나는 어머니를 잃고 싶지 않다. 어머니는 이모가 아닌데 이모의 죽음은 어머니의 죽음과 가깝다. 도로 잠들 수 없지만 나는 눈을 감는다. 그렇게 외면한다.

죽음은 가느다랗다. 돌아오는 기차 안에서 나는 그렇게 생각한다. 옆자리 동생은 잠들어 있다. 어머니는 대구에 남았다. 못내 마음에 걸렸으나 나와 동생 모두 피치 못할 일정이 있었으므로 그러는 수밖에 없었다. 기차 안은 조용하다. 나를 두고 모두 잠든 게 아닐까 싶을 만큼. 나는 잠들지 못한다. 다시 꿈을 꿀까봐 두렵다. 어쩌지 못하고 창밖에 시선을 둔 채 나는 염을 하러 가지 않았다는 사실을 자책한다. 죽은 이모를 만나고 싶지 않았다. 꿈 때문이다. 그렇더라도 보러 가야 했다. 책임감은 아니다. 뭘까. 몰라. 도리질을 하면서 나는 나와 이모 사이의 허허벌판을 느낀다. 나무 한 그루, 풀 한 포기도 없는 아득함을 두고 나와 이모는 마주보고 있다. 그건 사실상 보고 있는 게 아니라 그냥 거기 있는 것이다. 그리고 무언가 날린다. 그것은 전단지이기도 하고 부고장이기도 하고 아무 의미 없는 애처로움이기도 하다. 전단지가 부고장이 애처로움이 꼭 이모의 것이라고 하기는 어렵지 않은가. 이것은 지독한 착시이다. 나와 이모 사이에는 아무것도 없다. 없을 것이다. 그런데 무언가 있는 거 같다. 그것이 나무 한 그루, 풀 한 포기 없는 허허벌판의 아득함이더라도.

염이 치러지는 동안 마셨던 소주 몇 잔어치 취기가 슬금슬금 올라와 나는 그만 울고 싶어졌다. 그러나, 이런 이야기가 다 무슨 소용이란 말인가. 누구든 누구라고 불리는 이는 살아 있고 그러므로 죽는다. 언젠가는. 가여움은 지극히 개별적이고 남다를 것이 없다. 나의 이모가 다른 이의 이모가 될 수는 없듯이. 그러니, 이런 이야기가 다 무슨 소용이란 말인가. 나는 곧 서울에 도착할 것이다. 사람들을 따라 내리고 에스컬레이터를 타고 올라간 다음, 이름도 얼굴도 모르는, 하나의 열차에 실려온 사람들과 헤어지게 될 것이다. 전철역으로 걸어내려갈 때쯤이면 먼저 죽음을 잊고 다음엔 이모를 잊겠지. 그리고 지하철 열차에, 아까와는 완전히 다른 열차에 몸을 싣고 집으로 돌아갈 것이다. 집으로 돌아가 내가 입은 셔츠와 정장을 벗을 것이다. 아무 일 없이 책을 펼치게 될 것이다. 죽음은 가느다랗다. 가느다래진다. 천천히 죽음은 보이지 않게 될 것이다. 보이지 않지만 여전히 연결된 채로. 팽팽하게. 그런 울음을 나는 꾹 참는다. 이것은 취기다. 취기에 불과하다. 동생이 뒤척인다. 나는 동생의 흩어진 앞 머리카락이 눈을 찌르지 않게 가만히 치워준다.

그리고, 시간표대로 나는 열차에서 내린다. 에스컬레이터를 탄다. 이름도 얼굴도 모르는, 하나의 열차에 실려온 사람들과 헤어진다. 동생과도 헤어진다. 동생은 기차역의 입구로 총총 사라진다. 기차역내는 혼잡하다. 살기 위해 죽기 위해 삶을 확인하기 위해 죽음을 확인하기 위해 제각각 주어진 자리를 기다리거나 쫓아가는 사람들 사이에서 나는 우뚝 멈춰 섰다. 길을 잃어서는 아니다. 슬픔 때문이거나, 이모의 죽음에 압도당해서도 아니다. 취기를 어쩌지 못해서도 아니다. 더는 울고 싶지 않다. 나는 서울에 도착했고 이제 이모의 죽음은 지나간 일이 되어버렸다. 다만, 구두 밑창이 무너져버렸기 때문이다. 앞코에서부터 굽까지 한꺼번에 허물어져 떨어져나가버렸다. 이 우스운 그러나 웃기지 않은 사실을 알아차렸다. 언제부터. 동생과 헤어지기 전에, 승객들 흩어지기 전에. 기차가 도착하기 전에. 기차가 출발하기 전에. 그전에. 이모의 빈소를 떠나올 때. 조그마해진 어머니를 돌아보았을 때. 안팎으로 울고 있는 어머니를 돌아보았을 때 그때 이미 알고 있었다. 이제, 그대로 걸어갈 것인가. 물론 그러는 수밖에 없다. 나는 걸어가야 한다. 걸어가야 하는데 당장은 움직일 수가 없었다.

에세이

"그리하여 이 이야기가 진부하기 짝이 없게

그러나 선한 방향으로 귀결되기를."

오기의 혼자

오기가 찾아오지 않는다. 내가 무슨 실수라도 한 걸까 싶어진 건 어젯밤이다. 맑은 정신으로 서점 문을 잠그다가 문득, 나는 내가 오기를 기다린다고 생각했다. 본 지 며칠 되었네. 무슨 일 있나. 불현듯 불편한 기분이 온몸으로 퍼져나갔다. 뭘까. 내 안의 오기가 화가 나 있다. 나는 영문을 모른다. 왜. 무엇 때문에. 나는 어둠 속에 우뚝 서서 한참을 서 있다. 그럴 이유가 없다. 별일 없이 헤어졌다. 그랬을 것이다. 실은 기억이 나질 않는다.

그러니 미안해질 이유가 없는데 나는 미안해하고 있다. 핸드폰을 들었다 내려놓는다. 문자를 보냈는데 답장을 못 받는다면 더 불안해지겠지. 다시 마지막으로 오기를 본 날을 떠올려보려 한다. 이날과 저날이 뒤죽박죽 뒤섞여 짐작하기 어렵다. 워낙 조용히 찾아와 아무렇지 않게 머물렀다 슬그머니 사라지는 오기. 이따금 내키면 퇴근하는 내 곁에 그림자처럼 붙어 이런저런 대화 끝에 사라지는 오기. '사라진다', 오기는. 실체를 가진, 분명한 존재에게 '사라진다'는 표현은 어울리지 않지만, 나는 오기의 '퇴장'을 그렇게 느끼곤 한다. 잠시 암전. 조명이 들어오면 없는 오기.

심란하여 이리저리 연필을 굴리다 벌떡 일어나 커피를 내린다. 커피를 담을 머그를 먼저 물에 씻는다. 커피를 마시려다가, 나는 내가 오늘 치 커피를 이미 마셨다는 사실을 깨닫는다. 애써 내린 커피를 버리려다 다시 마시려다 결국 버린다. 머그를 싱크대에 내려놓고 다시 자리로 돌아온다. 연필을 굴린다. 이쪽에서 저쪽으로 다시 이쪽으로. 그러다 벌떡 일어나 시계를 본다. 낮 두시. 어정쩡한 시간이네.

문득, 오기의 묘한 표정이 떠오른다. 텅 비어 있는 듯한, 어떤 의미에선 추궁하는 듯한 표정으로 나를 본다. 아. 그날이다. 오기를 마지막으로 본 날.

나 너 봤어. 어디서. 버스에서. 언젠데. 아침에. 아침에
출근하는 길에. 출근길 버스는 한 차례 사람들을 쏟아냈다.
맨 뒷자리에서 불안하게 덜컹거리면서도 나는 몇 군데 생
긴 빈자리 쪽으로 옮길 생각은 하지 않았다. 앞의 앞자리에
오기가 앉아 있었기 때문이다. 그 자리에 오기가 앉았다는
사실을 알았던 건 미처 자리에 앉지 못하고 낯선 이들의 어
깨와 어깨 사이에서 부대끼고 있을 때였다. 오기는 창문에
머리를 기대고 가만히 눈을 감고 있었다. 나는 몇 번 오기를
불러보았다. 처음엔 작게, 점점 더 큰소리로. 마지막엔 제
법 큰소리로 오기, 하고 불렀기 때문에 가까운 자리에 서 있
던 몇몇 사람들이 나를 돌아보았다. 깊이 잠들었나보구나.
뿐만 아니라 오기는 귀에 이어폰을 꽂고 있었다. 깨우면 안
되겠다 생각하면서도 나는 오기를 깨우고 싶었고, 하지만
그럴 수 없다는 사실을 알아차렸다. 오기는 잠들어 있지 않
다. 눈을 감고 있을 뿐이다. 어쩌면 가늘게 눈뜨고 있을지
도 모른다. 분명히 알 수 있었다. 지금의 오기를 방해해선
안 된다. 아니, 방해할 수 없다. 그야말로 오기는 완전히 혼
자가 되어 있는 상태였으므로.

마치 오기를 피하는 사람처럼 나는 버스 맨 뒷자리에 앉아서 오기의 뒷모습을 관찰했다. 버스는 앞으로 앞으로 나아가고 몇 번인가 멈추었고, 우르르 사람들이 빠져나가 어느덧 한가한 버스가 되었는데 오기는 꼼짝도 하지 않았다. 덩달아 나 역시 꼼짝하지 않았다. 어쩌면 꼼짝할 수 없었는지도 모른다. 몇 번이나 이제라도 어깨에 손을 올려볼까 고민했다. 오기는 가만히 돌아볼 텐데. 아 너로구나, 할 텐데.

망설이다 꾸벅 졸았다. 급격한 우회전 구간에서 번쩍 눈을 떴을 때 오기는 없었다. 홀연히 사라져버렸다. 직전 정거장에서 내린 모양이었다. 거기엔 무슨 볼일이 있었던 거지. 그날 종일 오기를 기다렸다. 그리 멀지 않은 곳에 방문했을 테니 오기는 서점에 들를 거였다. 오지 않았다. 오기가 찾아온 건 며칠 뒤였다.

부르지 그랬어. 말했잖아. 불렀다니까. 네가 못 들은 거지. 이제 와 생각해보니, 조금 언짢은 기색이었던 듯하다. 오기는 대꾸 없이 싱크대로 가 머그를 헹궜다. 커피를 내렸다. 잔을 들고 책상으로 가 앉았다. 나는 오기 맞은편에 앉아서 어째서인지 변명을 했다. 그리고 그럴 수가 없었어. 방해하지 마시오, 라고 적힌 메모를 등뒤에 붙여놓은 것 같았다고. 뭔데. 왜 그렇게 심각했던 거야. 어딜 갔던 거고. 그날 네가 올 줄 알고 내내 기다렸는데. 그때였다. 오기는 묘한 표정으로 나를 보았다. 텅 비어 있는 듯한, 어떤 의미에서는 추궁하는 듯도 한 표정이었다.

나는 당황했던 것 같다. 괜히 우스꽝스런 표정으로 그를 웃겨보려 했다. 오기는 웃지 않았다. 그러곤, 글쎄. 잘 기억이 안 나는데, 했다. 고작 며칠 전인데. 요즘은 그래. 자주 그래. 자꾸 까먹고 잊어. 중요한 일은 아니었나봐. 별일 없었어. 그러곤 입을 꾹 다물었다. 그가 노트를 펴고 연필을 내려놓으려 할 때 나는 좀 머쓱해져서 자리로 돌아왔다. 잘못도 없이 혼난 기분이 되어 분했던 것도 같다. 언뜻 평소와 같은, 하지만 각자의 자리에 앉아 자신의 일에 몰두하는 나와 오기 사이엔 팽팽한 긴장감이 실처럼 가느다랗게 이어져 있었다.

잠시 오기를 잊었다. 분한 마음도 함께 잊었던 것 같다.

배가 고팠고 시계를 보았고 저녁쯤이로군. 문득 오기가 앉아 있는 쪽으로 고개를 돌렸다. 오기는 없었다. 자리에는 치우지 않은 머그가. 그 아래에는 미안해, 라 적힌 쪽지가. 머그를 치우지 않아서 미안했던 걸까, 가만히 사라져버려 미안하단 걸까. 아니면 나를 당황하게 만든 게 미안했을까. 머그를 싱크대에 던지듯 넣어두고 종이를 구겼다. 버리려다가 도로 펴서 독서대에 꽂아두었다. 잊지 말아야지. 다음엔 잔소리를 해줄 거야. 머그를 치우지 않은 것에 대해서. 인사도 없이 사라진 버르장머리에 대해서. 이유도 없이 토라져서 사람 곤혹스럽게 만드는 태도에 대해서. 반드시 사과를 받아낼 거야. 그러니까, 나는 요 며칠 부러 오기를 잊고 있었나보다. 괘씸했던 모양이다.

자. 이 이야기는 어떻게 맺어야 할까. 나무 계단을 따라 누가 올라오는 소리가 들리고, 오기의 머리 모양이 보이고, 내가 오기를 흘겨보고, 영문을 모르겠다는 오기의 표정 앞에 쪽지를 들이밀어서, 그로부터 짧은 소리, 한탄인지 감탄인지 허, 같기도 하고 음, 같기도 한 외마디를 이끌어내고 몇 마디 대화로 티격태격하다가 같이 저녁이나 먹으러 가

는 평온이 이 이야기 끝에는 없다. 오기는 나무 계단을 따라 올라오지 않았고 나는 그 소리로 오기임을 알아채거나 쪽지를 들이밀어 사과를 받으려 할 수도 없다.

오기는 들킨 마음이었을 것이다. 그러나 대체 그게 왜 오기가 나로부터 멀어져야 할 이유가 되는지 알 수 없다. 어쩌면 그럴 때가 되었는지도 모른다. 나와 오기가 접속사로부터 해체되어 나는 나로 오기는 오기로 돌아갈 날이 온다고 그쯤은 이미 알고 있었다. 지금껏 내가 맞이했던 수많은 오기들, 내가 떠나보내야 했던 수많은 오기들을 생각한다. 각각의 만남과 헤어짐에는 필연과 우연이 뒤섞여 있으나 그 어떤 것도 이유가 되지 못했다. 그러니 내가 혼자인 오기를 발견했을 때, 큐피드의 참모습을 발견한 프시케처럼 나는 보지 말았어야 할 우리의 미래를 보았는지도 모른다. 접속사로 느슨히 엮여 있던 사이는 아무 이유도 아닌 이유로 해체되고 만다.

물론 나는 기대한다. 이렇게 적고 있을 때, 홀연히 오기가 나타나기를. 그리하여 이 이야기가 진부하기 짝이 없게 그러나 선한 방향으로 귀결되기를. 여전히 오기는 오지 않는다. 하루가 저물어간다. 나는 이미 내일의 기분을 알 것만 같았다.

9

월

27

일

시

"자세히 들여다보면 멍든 기계는 혼자가 아니다."

오기의 시

가을 오기의 생각
—오기의 시 1

늦은 밤 버스정류장 狂人이 앉아 있다. 계절이 바뀌어간다. 떨어져야 이름을 얻는 사물이 있다. 오해가 사랑이 되어 떨어진다. 이것은 늦은 밤 버스정류장 狂人의 생각이다. 사랑은 길 건너편에도 있다. 오해는 그만 잊어도 좋다, 그런 식으로 뒹군다. 떨어져 이름을 얻은 그중 하나는 狂人이다. 狂人의 이름은 아무도 불러주지 않는다. 이것은 늦은 밤 버스정류장 狂人의 마음이며, 사랑은 오해는 떨어져 이름 얻는 계절의 사물은 狂人을 알지 못한다. 사랑도 오해도 떨어져 이름 얻는 계절의 사물도 狂人은 알지 못하는 것처럼. 계절은 가만있지 아니하고 오해나 사랑은 더할 나위 없이 가

벗고 이름이야 곧 잊힐 테지만 늦은 밤 버스정류장 狂人은 앉아 있기를 그치지 않는다. 늦은 밤 버스정류장 狂人의 생각과 마음은 들키지 않고 들킬 수도 없다. 이것이 이 가을 오기의 생각이다. 가을 오기의 마음은 아니다. 狂人의 이름은 오기가 아니다. 오기는 슬프다. 그것은 내가 찾는 조각이 아니었다.

오기는 심각하지 않다
—오기의 시 2

오기는 카프카의 만년필을 좋아한다 창밖 저녁이 사위어
간다 오기는 창밖 저녁도 좋아한다 오기는 창밖 저녁과 카
프카의 만년필을 나란히 두려 한다 그건 오기의 욕심이다
욕심은 조금도 심각하지 않다

오기는 카프카의 만년필과 창밖 저녁을 나란히 두려고
노력한다 창문을 열기 한 장 흰 종이를 꺼내어두기 누군가
를 맹렬하게 생각하기 마침내 오기가 쓰는 글은 창밖 저녁
의 느린 그림자다

모든 글자가 모든 글씨가 될 수는 없으니 부풀어오른 저
녁은 천천히 꺼져가고 있다 오기는 맹렬한 생각을 따라잡
지 못한다 카프카의 만년필을 내려놓고 한 손에 턱을 괸 오
기는 미안하지 않구나

키프카의 만년필과 창밖 저녁을 나란히 두었으니 이제

창문을 닫기 한 장 흰 종이를 가만히 접기 누군가를 맹렬하
게 생각하기 그건 오기의 욕심 욕심은 심각하지 않고 오기
는 심각하지 않고

계절, 가을
―오기의 시 3

멍든 기계가 돌아왔다. 기다리고 있었어. 정밀한 내부를
드러내는 소음 중에 나는 멍든 기계를 사랑한다.

멍든 기계. 그것은 누가 대체 무엇을 위해서 만든 거죠 물
으면 나는 어깨를 으쓱할 뿐이다. 알 수 없기 때문이다.

그저…… 누군가는 저기 멍든 기계가 지나가네, 하고 말
한다. 혹자는 멍든 기계를 보고 소리 내어 웃는다. 멍든 기
계는 무례에도 아랑곳없다.

멍든 기계를 믿지 못하는 사람들도 있다. 그들은 운이 없
었을 뿐이다. 멍든 기계는 대자연의 한 점에 불과하므로.

물론 멍든 기계에게도 선명한 그림자가 있다. 멍든 기계
는 햇빛처럼 투명하다. 멍든 기계는 구름을 모자처럼 쓰고
걷는다.

멍든 기계가 알고 있는 이름들은 길에 모여 있다. 멍든 기계는 그들의 이름을 부른다. 소, 방울, 목초, 바람, 울타리. 윙윙 소리 조금씩 커지고.

그 모든 이름보다 오래된 멍든 기계. 다 알고 있을지도 몰라. 나는 얌전히 머무르는 멍든 기계를 무서워할 때도 있다. 설령, 그렇다 한들 멍든 기계가 무엇을 망친단 말인가.

입력과 산출을 반복하는 멍든 기계. 목적 없는 나의 미래. 나의 대리자. 주인 없는 나의 슬픔. 나의 만족. 나의 사랑 멍든 기계.

겨울이 오기 전에 멍든 기계는 되도록 멀리까지 가야 한다. 자세히 들여다보면 멍든 기계는 혼자가 아니다. 나는 문을 열어 배웅하였다.

＊내가 가진 오기의 시는 열 편 남짓. 그중 세 편을 고른 까닭은, 확신할 수 없지만 이 세 편의 시가 나와 오기의 이야기라 믿고 있기 때문이다. 오기의 시는 수첩의 형태로 내게 왔다. 어느 날 아침에 책상 위에 놓여 있었다. 시 외에는 아무런 메시지도 없었다. 나는 그 자체가 메시지라고 생각했다. 오기가 더는 나를 찾아오지 않게 된 어느 날, 그로부터 한참 떨어진 어느 날에 있었던 일. 몇몇 글자는 내가 수정했는데, 분명한 오기誤記였기 때문에 바로잡았다, 하는 편이 옳을 것이다. 기회가 되어 다시 오기 이야기를 하게 된다면, 나머지 가히 길거나 무척 짧은 일곱 편의 시 또한 공개하게 되리라 짐작한다.

9
월
28
일

에세이

"말해주고 싶었습니다. 그건 곁이라고."

오기에게만 하는 이야기

저녁 무렵. 아직 여름은 가지 않았으니 여름의 근처. 빛이 채 가시지 않은 그런 시간. 당신은 2층 창가에서 몇 걸음 물러나 귀를 기울이는 사람처럼, 고개를 틀고 서 있습니다. 멀리서 가까이 들려오는 까마귀의 울음소리. 와르르 달려가는 어린이들의 발소리. 거침없이 내달리는 오토바이의 엔진 소리. 그 뒤를 따라붙는 자동차 경적. 거리의 소란은 잠시 조용해집니다. 건넌방 창문이 열렸나보구나. 몇 해 전 여름 이맘쯤 걸어두었던 풍경이 몇 차례 울리고, 하지만 당신은 미동도 하지 않습니다. 아무 소리도 듣지 못한 사람처럼. 아주 잠깐이라도 미간을 좁히지 않을 수 없었을 텐데. 그런데도 당신은 돌멩이처럼 반응하지 않습니다.

이것은 당신의 기억입니다. 당신은 지금 당신의 것과 똑 같은 표정을 본 적 있습니다. 움직이지 않을 듯 어디로든 굴러갈 것만 같은 당신의 지금 침묵 역시 언젠가 경험한 적이 있지요. 당신으로부터 몇 발짝 앞. 한 사람이 꼿꼿이 서 있고, 양산을 쓴 그의 얼굴은 환한 그늘에 가려져 빛나고 있었습니다. 당신은 아무것도 할 수 없었어요. 꼼짝없이 지켜볼 뿐이었습니다. 당신은, 그가 누구였는지 기억이 나질 않는다고 말하곤 하지요. 나는 그 말을 믿음으로써 믿지 않기로 합니다. 언어가 될 수 없는 기억이 있습니다. 언어는 나머지를 지움으로써 기억이 되지요. 그러니까,

그때 당신은 아무것도 해줄 수가 없었기 때문이에요. 당신에게, 그에게. 지금 내가 당신을 대하는 것과 같이, 지켜볼 수밖에 없었겠지. 당신처럼 그는 아무것도 원하지 않는다고 믿었겠지. 그뿐 아니라 완강히 거부하고 있었다고. 그래도 당신은 덧붙이곤 했습니다. 어쩜 그토록 여름 한낮 같을까. 여름 한낮 닮은 기억이 찾아오면 당신은 가라앉습니다. 그저, 가라앉음. 당신 내부의 물속 같은 어둠으로. 어떤 시간 속으로. 스스로조차 탐색한 적 없는 깊디깊은 저 안쪽으로.

마침, 다시 까마귀의 울음소리. 이번엔 멀어져가요. 남은 빛을 모두 거두어들이고 마침내 세계를 완전한 밤으로 끌고 가고 있습니다.

마침내 어둑한 밤. 그곳에서 당신은 다시 그와 만납니다. 여름 한낮을 닮은 그가, 너무 오래전 사람이 그날의 모습으로, 그날의 장소에서 당신과 만납니다. 그와 당신. 둘 이외에 모든 것은 의미의 빛을 잃습니다. 그런데 어쩜 이렇게, 하나같이 생생할까요. 당장이라도 다가가 만져볼 수 있는 것처럼. 지금과 같이 그때도 당신과 그는 '우리'가 아니었는데 그리 가깝게 서 있었을 리 없는데. 모든 것이 단숨에 거짓이 되어버리는 것 같아서 당신은 아니라고 바로잡지 못합니다. 내버려두려 합니다. 여름 한낮을 닮은 그가 그날처럼 웃을 때에도 그날처럼 말을 건넬 때에도. 그날처럼 당신의 얼굴이 붉어져버려도. 오늘은 그날이 아니지만,

당신과 여름 한낮 같은 그의 처음. 내가 그것을 물어보았을 때, 처음은 아무것도 의미하지 않는다고 당신은 대답했지요. 처음이라는 건, 두 번 세 번 네 번 연이어질 때에 의미

를 갖는 거지. 당신은 더 말할 게 없다는 듯 입을 다물었지만, 시간은 한쪽으로 치우쳐 흐르기도 합니다. 두 번 세 번 네 번 천 번 만 번 당신은 떠올렸겠지요. 그날을. 여름 한낮을 닮은 그를. 나는 기억합니다. 여름 한낮의 거리를. 그 거리를 내다보며 여름 한낮을 닮은 그에 대해 나누었던 대화를. 대화 앞에 놓여 있던 얼음 잔 속 커피와 잔의 표면에 송글송글 맺혀 있던 물방울들까지도. 처음, 여름 한낮을 닮은 그를 만났을 때를 떠올리면 당신은 어딘가 따뜻해진다고 했습니다. 포근해진다고 했습니다. 그 온도와 감촉은 대체 무엇일까, 그날 이후 한참을 생각했다고, 이후로도 당신과 여름 한낮 닮은 사람은 몇 번 마주쳤지만, 안부를 주고받았지만 그것이 전부였겠지.

　말해주고 싶었습니다. 그건 결이라고. 평생을 두고 잊지 못하는, 단 한 번으로도 충분한 결. 그렇게 생각했지만 당신에게 그렇게 말할 수는 없었습니다. 이유는 알 수 없지만 아마 시간은 한쪽으로 치우쳐 흐르기도 하고 일순 멎기도 하니까. 지금 한밤이 되어버린 지금 당신처럼 말이죠. 여전히 당신은 움직이지 않습니다. 밤이 되면 소란은 가라앉고 대신 아주 작은 소리들이 들리기 시작합니다. 이를테면 아주 오래전 여름 한낮의 비가 창문에 닿는 소리라든가. 얼음잔 속 커피가 얼음을 움직이는 소리라든가, 뒤늦게 고백하는 진심이라든가 하는. 그런 일들은 어쩔 수 없이 곤하고 착해요. 곁을 찾아가기 때문입니다. 잃어버린 잊고 있던 곁으로 다가가 안심하려고. 그건 당신도 알고 있는 사실. 모든 것이 완전히 어두워지고, 지금 당신은 어디에 있는지 알 수 없습니다. 어쩌면 곁으로 갔는지도 모르죠. 부디 그러길 바랍니다.

9

월

29

일

에세이

"곧 10월이다. 나는 오기를 기다린다."

오기의 좋아함

그리고 오기는,

달력을 본다. 10월이 목전이다. 야위어간다. 그림자마
저도.

가만히 귀를 기울인다. 나는 가만히 놀라고 나는 가만히
사랑을 깨우친다.

두 사람이 서점 벤치에 앉아 시집을 읽고 있다. 비킹구르
올라프손Víkingur Ólafsson의 연주에는 서늘한 슬픔이 있다.
슬픔은 노래할 줄 안다. 슬픔의 노래는 나직하고 멀다. 벤
치에 앉아 있는 두 사람과 나의 거리만큼 멀다. 나는 어느
높은 지붕 아래를 생각한다. 창문을 통해 비껴드는 오후의
빛. 느리고 두 사람은 미동도 하지 않는다. 나는 이 조용함

이 마음에 든다.

다시 오기를 생각한다. 오기에 대한 생각은 결구를 맺지
못한다. 다시 오기가 올 거라는 믿음은, 오지 않으므로 유
효하다. 오기는 오지 않는다. 오기가 오지 않는다는 사실은
조금도 괴롭지 않다. 나의 오기에 대한 생각은 자연스럽다.
맺힘 없는 흐름. 흐름이 불러오는 간지러움. 가만 두 눈을
감고 있다보면 절로 웃음이 난다. 몸 어딘가가 따뜻해진다.
따뜻해. 여름이 사라진다.

벤치에 앉아 있던 두 사람 중 한 사람이 일어나서 서가
쪽으로 간다. 이럴 때의 기척은 꼭 오기가 오려는 기척 같
아서 나는 살짝 긴장하게 된다. 그렇다고 내내 오기를 의식
하거나 기다리는 것은 아니다. 앞서 적어두었듯 나의 오기
에 대한 생각은 더없이 자연스럽고 오기의 생각은 나타났
다 사라지기를 반복한다. 천천히 아주 느리게 점멸하는 불
빛처럼.

어느 해 겨울 비행기를 타고 독일에서 이탈리아로 넘어

간 적이 있다. 창밖은 저물 무렵. 아래로 끝없이 산이 이어졌다. 산의 능선은 눈으로 하얗게 덮여 있었고 나는 작은 집을 보았다. 노란 불빛을 소박하게 켜둔 작은 집. 그 집은 결코 작지 않으며, 실은 집이 아닐 수도 있다. 그래도 나는 작은 집으로 기억한다. 막막함에 사로잡힐 때 그 집을 떠올리곤 한다. 오기는 그 집의 주인이다.

그리고 또 무슨 말을 할 수 있을까. 할말을 찾지 못한 사람처럼, 아니 할말을 찾지 못해서 나는 이제는 두 사람이 떠난 빈 벤치를 오래 본다. 그사이 한두 사람이 더 왔다 갔지만 여전히 두 사람이 앉아 시집을 보고 있는 기분이다. 무용한 기분. 설명할 수 있지만 설명은 되지 않는 기분. 그런 기분이 있다면 시는 음악은 만들어지지 않을 것이다. 이제는 오기의 시를 이해할 수 있다.

어느 날의 오기는, 사실 나는 좋아하는 게 없어, 멍한 눈으로 자신의 손을 바라보다 말한 적 있다. 그건 대체 어떤 감정일까. 매일매일 생각해. 다양한 정의를 들었어. 많은 사람들이 네게, 좋아하는 게 없을 수는 없다고 그랬어. 그럴

244

때 나는 외떨어지고 말아. 혼자 아득한 곳에 있게 돼. 작은 난로와 얼어붙은 창문을 가진 오두막에서 매일매일 혼자 살아. 좋아하는 마음 없이. 그래도 된다고 믿으면서 말이야. 물론 나에게 좋음이란 있어. 좋음과 좋아함은 다른 거잖아. 의지. 의지의 표력. 나는 그만큼 나를 믿지 않는 것 같아. 나는 나에 대해 조금의 확신도 없어. 쓰기와 읽기에 매달리는 까닭은 확신하고 싶어서일까. 그러니까 쓰기와 읽기는 좋음, 좋아함에 선행하는 거지. 같은 위치에 놓을 수 없는 것이지. 물론 나는 네가 어떤 좋아함을 가지고 있는지도 궁금하지 않아.

또 어느 날의 오기는, 좋아함이 무엇인지 알 것 같다고 말했다. 그거는 미루는 게 아닐까. 뒤로 뒤로 미루며 남겨두는 게 아닐까. 말하는 오기는 아주 작아 보였다. 마치 허락해달라 조르는 아이처럼 오기는 나를 봤다. 나에게는 해줄 말이 없었다. 좋아함에 대해서 무슨 말을 할 수 있을까. 좋아함은 자연히 발생하는 감정도, 이해하게 되는 현상도 아니라서.

아주 어릴 적 약국 약사 선생님께 사탕을 받은 적이 있어. 호된 감기로 끙끙 앓고 있었는데, 그게 딱해 보였나봐. 나는 그 사탕을 주머니에 넣어두었어. 나중에 먹으려고. 나는 결국 그 사탕을 먹지 못했지. 온데간데없이 사라져버렸거든. 나는 지금도 그 사탕을 생각해. 딸기맛 사탕이었어. 아주 달았을 거야. 사탕이 녹아 사라지기 전까지 나는 조금도 심심하지 않겠지. 영원히 느낄 수 없을 딸기맛 사탕이라면 좋아한다 말할 수 있겠어.

이제 와 나는 오기에게 대답을 해주고 싶다. 세상 모든 사람이 각자 가진 오두막에 대해. 그 오두막의 다양한 모양의 난로와 천편일률의 얼어붙은 창문에 대해. 그 창문에 손가락을 대면 가만히 물이 맺히고 더러는 너머가 보이기도 한다는 사실에 대해서도. 오기야. 어제 나는 나의 오두막에 책을 한 권 놓아두었어. 스물다섯 살 무렵 읽다 만 책이야. 언젠가 읽을 수 있겠지. 그런 기대로 살아.

그리고 내가 잃어버리고 만 나의 사탕들에 대해서도. 어린 우리는 왜 그리 달렸을까. 나는 나의 작은 호주머니를 기

억해. 그 속에는 멀쩡한 것이 하나도 없었어. 그 속에 담아
두었던 것들도 나는 나의 오두막 작은 협탁 위에 늘어놓을
거야. 이제 와서는 아무 쓸모없는 은박지 플라스틱조각 털
실 동전 몇 개. 그런 것이 좋아함일 수도 있다면 좋겠어. 너
의 대답이 될 수 있다면 기쁘겠어. 네가 보고 싶구나. 오기.

곧 10월이다. 나는 오기를 기다린다. 9월이 아니라면
10월의 오기. 얼마든지 뒤로 미룰 수 있어. 유예시킬 수 있
지. 오기. 네가 오지 않아도.

그러므로 당장의 서점에는 아무도 없다. 아무도 없는 채
로 벤치에는 여전히 두 사람이 앉아 시집을 읽고 있다. 이는
오기의 없음, 오기의 오지 않음과 같다. 조금도 다르지 않
다. 창문으로 야윈 노을이 들어오는 저녁이다. 비킹구르 올
라프손의 음악 쪽으로 걸어가 나는 음악을 끈다. 조용하다.
벤치에 앉아 있는 두 사람이 시집을 덮고 나를 보는 기분이
다. 오늘도, 오기는 오지 않는다.

9
월
30
일

시

"나는 듣고 있다"

대화

나는 듣고 있다
그러면 방이 넓어지고
환해지고 의자가 있다

의자에 앉아서
오솔길을 걷기는
어렵지 않다
오솔길에서
도토리를 줍거나
상수리나무를 올려다보거나
길 끝에서
조그마한 무덤을
발견하는 일은

아주 쉽다

비석에 손을 대어보면
그것은 말라 있다
비가 내린 지 한참 되었다

보라색 꽃 이름은 모른다
모르니 더 아름답다
그림자가 길어진다
우듬지에 가벼운 삶들이
숨어 있다 바람이 불고
새가 날아오르며 운다
새의 울음은 더 멀리 난다

비석에 손을 대어보면
그것은 따뜻하고
우두커니 말라 있고

나는 듣고 있다

그러면 환해진다

의자에 앉아서,

오솔길을 따라

돌아오게 된다

어렵지 않게

겨울이 오고 있어

도토리는 놓아두자

다람쥐를 위해서

누가 하는 말이니

돌아보면

조그마한 무덤은

나무와 수풀에 가려

보이지 않고

보라색 꽃은 사방에 피어 있고

우듬지로 돌아오는

바람과 새들

새들의 울음은 오지 않고

비가 내릴 모양이네

내일 다시
비석을 보러 가야겠어
오솔길을 기억해야지

의자에 앉아서
그러면 방은 넓어지고
조금의 기쁨과 조금의 슬픔
나는 듣고 있다

나와 오기

ⓒ 유희경 2024

초판 1쇄 인쇄 2024년 8월 25일
초판 1쇄 발행 2024년 9월 1일

지은이 유희경
펴낸이 김민정
책임편집 김동휘 **편집** 유성원 권현승
표지디자인 김마리 **본문디자인** 최미영
저작권 박지영 형소진 최은진 오서영
마케팅 정민호 박치우 한민아 이민경 박진희 정유선 황승현
브랜딩 함유지 함근아 박민재 김희숙 이송이 박다솔 조다현 정승민 배진성
제작 강신은 김동욱 이순호
제작처 영신사

펴낸곳 (주)난다
출판등록 2016년 8월 25일 제406-2016-000108호
주소 10881 경기도 파주시 회동길 210
전자우편 nandatoogo@gmail.com **페이스북** @nandaisart **인스타그램** @nandaisart
문의전화 031-955-8875(편집) 031-955-2689(마케팅) 031-955-8855(팩스)

ISBN 979-11-94171-08-9 03810